Mary Elizabeth Braddon

EL ROSTRO EN EL ESPEJO

y otros relatos góticos

Traducción de María Pérez de San Román

Prólogo de la Dra. Janine Hatter

LA BIBLIOTECA DE CARFAX

2018

Primera edición: mayo, 2018

Selección de los relatos: María Pérez de San Román y Shaila Correa

Ilustración de cubierta: © Rafael Martín Coronel

Publicado por La biblioteca de Carfax
Calle Olivar 5, 28012 Madrid

www.labibliotecadecarfax.com

ISBN: 978-84-946682-8-9
IBIC: FKC
Depósito Legal: M-13831-2018
Impresión y encuadernación: Cofás
Impreso en España - Printed in Spain

Índice

Sobre la autora 9

El rostro en el espejo 17
Ella 39
La sombra en la esquina 87
La buena *lady* Ducayne 119
Su última aparición 163
El visitante de Eveline 189

Sobre la autora

Venganza, pasión y emoción. Estos son los elementos que impregnaron la vida y la obra de Mary Elizabeth Braddon durante casi ochenta años. Conocida por sus ingobernables heroínas, el ritmo rápido de sus tramas y sus perturbados escenarios domésticos, Braddon es una autora victoriana que se distingue.

Mary Elizabeth Braddon fue una autora muy vendida en su época, pero en la actualidad es bastante desconocida; escribió casi noventa novelas, más de ciento cincuenta relatos cortos, nueve obras de teatro y una colección de poesía. Comenzó su carrera en la década de 1860 y escribió durante los cincuenta años siguientes, por lo que experimentó los avances sociales, políticos e intelectuales de la Gran Bretaña victoriana. Todos ellos están reflejados en su obra, lo que aun la convierte en una de las escritoras más relevantes para la sociedad de hoy en día.

Si el nombre de Mary Elizabeth Braddon les resulta conocido, se debe probablemente a su asociación con la «escuela sensacionalista», un género que desestabilizó la época victoriana al remover los ideales de género, raza y clase de la clase media. Junto con *La mujer de blanco* de Wilkie Collins (1860) y *East Lynne* de Ellen Wood (1861), *El secreto de Lady Audley* de Braddon (1862) completa el trío de novelas que cambiaron la trayectoria de la ficción inglesa para siempre. La novela más conocida de Braddon, *El secreto de Lady Audley*, es cautivadora y profundamente crítica; con una trama intrincada, cuenta la historia de una mujer de clase trabajadora que asciende en sociedad gracias a un afortunado matrimonio y que ve cómo su pasado amenaza su recién encontrada felicidad. La siguiente novela de Braddon, *Aurora Floyd* (1863), es famosa porque la heroína epónima fustiga a un mozo de establo en un frenesí apasionado, y por su amor por las carreras de caballos. Juntas, estas novelas contienen características que dejaron estupefactos a críticos y lectores y que pusieron a Braddon en el mapa literario.

En estos breves argumentos podemos ver que la obra de Braddon contiene las cuatro principales acusaciones que los críticos lanzaban contra la ficción sensacionalista. Primero, trata sobre materias propiamente sensacionalistas, sobre mujeres que actúan de manera no convencional y que desafían su reducido espacio en la sociedad. Segundo, estas novelas provocan una sensación física en el lector: conmocionan, confunden y enfurecen a medida que la narrativa progresa. Tercero, la percepción de que los moldes de género son transgredidos a través del crimen, el melodrama, el realismo, y la escritura gótica y romántica unidas en una narrativa conjunta. Y cuarto, Braddon juzga a sus propios lectores, poniendo sobre ellos su ojo crítico.

Usando estas tácticas en su beneficio, la autora indignó a los críticos, obtuvo un gran número de lectores y ganó lo suficiente como para tener estabilidad económica el resto de su vida. Sus lectores iban desde las clases medias y bajas londinenses a lectores en los territorios de la Commonwealth, lo que demuestra el amplio espectro social y geográfico que atraía. Se convirtió en una celebridad literaria victoriana y consiguió una fama mundial, algo que también le trajo inconvenientes.

La principal desventaja para Braddon como autora en la época victoriana fue que su vida, al igual que su obra, se convirtió en el centro de atención de la crítica. Su madre abandonó a su padre debido a las infidelidades de este, por lo que Braddon creció en un hogar monoparental. Esto significó que, al alcanzar la mayoría de edad, tuvo que buscar un empleo para contribuir a las finanzas domésticas. Para ello, eligió convertirse en actriz, a pesar de que en la década de 1850 esta profesión conllevara asociaciones con la prostitución y la inmoralidad. Durante este período, Braddon recorrió Gran Bretaña de manera extensa; actuó en todo tipo de obras de teatro que incluían comedias y tragedias de Shakespeare, farsas, pantomimas e incluso, cabaret. Como resultado de tan variadas representaciones, Braddon aprendió los entresijos del teatro, las diferencias entre géneros y la importancia de contentar al público, todos importantes elementos para su posterior carrera como escritora.

Después de actuar en las tablas durante ocho años, hizo la transición al mundo literario. Se trasladó a Londres en 1860, se enamoró de su editor, John Maxwell, y se mudó con él, lo que provocó un sensacional revuelo tanto en su vida doméstica como en su obra. Maxwell ya tenía una esposa, Mary Ann Crowley, pero esta estaba enferma y residía en Irlanda con su familia. Braddon y Maxwell vivieron juntos sin estar casados y ella se convirtió en la madrastra de los seis hijos de Maxwell, además de en madre de los seis que tuvo ella misma. Su relación causó un escándalo considerable, en especial cuando la primera mujer de Maxwell falleció en 1874, hecho que reveló al público que la unión de Maxwell y Braddon era ilegal. Como resultado, sus empleados domésticos presentaron su renuncia y se fueron indignados; la pareja se mudó de casa en un intento de calmar los cotilleos. Contrajeron matrimonio tan pronto como legalmente pudieron, pero los críticos aprovecharon la carrera como actriz de poca monta de Braddon y su poco convencional relación con Maxwell para criticarla a ella y a su obra. Clamaban que escribía ficción sensacionalista con mujeres rebeldes como protagonistas porque ella misma no era «respetable» a los ojos de la sociedad.

Pero hay mucho más reflejado en la obra de Braddon que una vida escandalosa. En el mercado editorial dominado por hombres de la época victoriana, Braddon se convirtió en un factor fundamental en el cambio de los roles establecidos para las mujeres. No solo vendió más que Charles Dickens y Wilkie Collins, sino que además les ganó en su propio terreno. En 1867, fundó su propia revista literaria, *Belgravia: A London Magazine*, desde donde pudo lanzar un contraataque a sus críticos y a sus rivales literarios. Esta revista le abrió nuevas posibilidades, ya que sus páginas incluían no solo ficción sino también artículos de actualidad, ilustraciones y anuncios, y estos eran contenidos que podía usar para sus propios fines. De esta manera, Braddon publicó contenidos más educacionales, además de entretenidos, que reflejaban el impulso de su público, principalmente femenino, por una igualdad social. Era una mujer de negocios astuta que supo manipular las tendencias del mercado editorial y los deseos de los lectores de ser relevantes. Después de diez años, Braddon editó otra revista, *The Mistletoe Bough*, que explotaba el lucrativo mercado navideño, lo que demuestra que sabía adaptarse a los nuevos tiempos.

Los continuos tratos de Braddon dentro del mercado literario también se reflejan en lo amplio de su obra. Puede que encontrara la fama gracias a la ficción sensacionalista, pero es además una excelente escritora de diferentes géneros. Durante los más de cincuenta años de su carrera escribió novela negra, literatura infantil, novelas históricas y relatos sobrenaturales. Como verán en las historias recogidas en este volumen, Braddon era una maestra del suspense. Compitiendo con autores como Rhoda Broughton, Sheridan Le Fanu y Henry James (quien era un ávido lector de Braddon). Sus cuentos de lo macabro equilibran la yuxtaposición entre fantasmas «reales» e imaginarios, entre explicaciones científicas y sobrenaturales o supersticiosas, y entre la habilidad de derrotar a los espíritus o de ser perseguido por ellos para siempre. Sus relatos son excelentes ejemplos de cómo mantener la atmósfera y la inquietud en situaciones perturbadoras, que habitualmente se centran en mujeres dentro de la esfera doméstica.

Sin embargo, si sus relatos son leídos cronológicamente, surge un patrón. Su historias sobrenaturales más tempranas giran alrededor de la venganza o del amor que trasciende a la muerte, lo que demuestra la utilización de los elementos morales tradicionales para introducirse en un género bien establecido. Los relatos de mediados de su carrera critican de manera más abierta los estereotipos victorianos del hogar patriarcal representando a mujeres desafiantes que cuestionan su restrictiva esfera doméstica pero que a menudo acaban ellas mismas en peligro a consecuencia de ello. Por último, sus últimos relatos de fantasmas son más complejos y tratan sobre los desarrollos psicológicos dentro del género. Escritos al mismo tiempo que el nacimiento de la psiquiatría, estos cuentos se centran en espejos, *doppelgängers* y avances científicos como también harán *El retrato de Dorian Grey* de Óscar Wilde (1890), *Drácula* de Bram Stoker (1897) y *Otra vuelta de tuerca* de Henry James (1898).

Como una mujer que escribía dentro de un género *performativo*, los relatos recogidos en esta edición también demuestran las técnicas de meta escritura de Braddon. El proceso de escritura de muchas de estas historias sobrenaturales consiste en desmontar dichas historias en las partes que las componen. Por ejemplo, «El visitante de Eveline» lleva por subtítulo «Una historia de fantasmas», mientras que «El rostro en el espejo» comienza con un matrimonio que se embarca en una cacería de fantasmas. Estas técnicas exhiben el estilo y el talento literario de Braddon, hacen que sus lectores se sigan preguntando qué tropos invertirá y ayudan a formar a la siguiente generación de escritores en cómo desarrollar un género ya conocido.

En conclusión, Mary Elizabeth Braddon es una autora soberbia que es muy poco valorada en el canon literario actual. Estos relatos sobrenaturales en particular muestran su inventiva, su humor y su imaginación al desarrollar un género popular para unos lectores bien versados en horrores y terrores como eran los victorianos. Braddon fue una influencia esencial en autores posteriores como Henry James, Arnold Bennett y su propio hijo, el escritor W. B. Maxwell.

Es una autora victoriana fascinante que no cesa de cautivar, desafiar y perturbar a sus lectores

Dra. Janine Hatter
Universidad de Hull, abril de 2018

EL ROSTRO EN EL ESPEJO

PARTE I
La advertencia

En el lejano condado de Yorkshire, hace muchos años, se erigía una antigua mansión: un edificio gris y sombrío rodeado por un patio abierto en mitad del cual se alzaba una taciturna fuente. La casa estaba cerca de los vastos páramos que se extendían hasta la ciudad de York y, aparte de la aldea, no había ningún otro edificio en kilómetros a la redonda. Llevaba deshabitada un tiempo, con excepción del ama de llaves y de los criados habituales, ya que su último dueño había sido un ávido viajero que se ahogó durante su última travesía. Ocurrió cerca de su hogar, lo que hacía todo el asunto aún más triste. Un día de primavera, antes del comienzo de esta historia, lo llevaron para ser enterrado en el lóbrego mausoleo familiar. Desde aquel suceso, el ama de llaves juraba que, siempre que había tormenta en el mar, el viento, como un alma en pena, aullaba y se lamentaba por los largos pasillos de la mansión y que un espantoso sonido de agua goteando se dejaba oír en la habitación donde el malaventurado cadáver había yacido en espera de su funeral. Existían también unos misteriosos aposentos cuyas puertas desaparecían cada cierto tiempo, por lo que durante meses no se podía acceder a ellos. Cuando finalmente las puertas reaparecían, los muros de las estancias estaban cubiertos con diabólicos dibujos y sus muebles distribuidos de forma extraña.

Sin embargo, nada de esto parecía ensombrecer los ánimos de los nuevos dueños, el señor y la señora Monroe, una valiente pareja llena de energía, que llevaban poco tiempo casados y eran infinitamente felices. La señora Monroe se declaraba ansiosa por ver uno de aquellos maravillosos fantasmas, pero en realidad era una persona resuelta; no le afectaba en absoluto irse a la cama sola en la oscuridad, visitaba las habitaciones encantadas y paseaba de noche por los pasillos de una manera tan impasible que los criados casi pensaban que ella misma debía de ser un espíritu. Su marido compartía su interés en esta búsqueda de fantasmas, aunque pasaba la mayor parte del tiempo en el exterior, de caza, y a menudo llegaba a casa justo para cenar y dormir, a veces incluso tan fatigado que se quedaba dormido sobre la mesa del comedor.

La señora Monroe era parte de una familia numerosa, había vivido en una animada casa en el soleado Kent donde las horas para leer, pasear y escribir habían sido exiguas. Ahora, eran estos entretenimientos los que la mantenían ocupada de una manera satisfactoria por lo que todavía no había sentido el lento pasar de los días; aun así, no lamentó demasiado cuando las primeras heladas del riguroso invierno de Yorkshire convirtieron la tierra en frío acero y pusieron término a los esparcimientos al aire libre de su marido, los cuales lo mantenían apartado de su lado. Esporádicas rachas de nieve también estropearon las sesiones de tiro del señor Monroe, y este solo pudo pasar el rato en los alrededores de la casa, de la granja y del pequeño jardín, donde avistaba al ocasional pájaro que se hubiera despistado hacia el interior desde la costa. Luego encomendaba la tarde a buscar la especie del pájaro en cuestión en uno de sus numerosos libros ilustrados de Bewick[1]; nunca lo encontraba por lo que la ocupación era tan fascinante como interminable. Esto funcionó a la perfección durante los primeros quince días, cuando la señora Monroe lo acompañaba en busca de los pájaros y lo ayudaba con los Bewicks por la noche; pero, al fin, la nieve empezó a caer de manera copiosa. Después de cuatro días en los que el frío cielo gris no

[1] Thomas Bewick (1753-1828) fue un grabador y escritor sobre historia natural británico. Su obra fue extensa aunque la más conocidad fue la *Historia de los pájaros británicos*.

les dio un descanso, y durante los cuales ni el correo ni el periódico semanal pudieron ser entregados, la señora Monroe empezó a preguntarse si sería un pensamiento malvado desear que hubiera un deshielo, ya que se temía que si no era capaz de encontrar una nueva manera de entretener a su amo y señor, pronto descubriría el significado de «tener demasiado de algo bueno», porque incluso su compañía había empezado a aburrirle y, de estar inquieto en un principio, había pasado primero a quejarse, luego a malhumorarse por la cena y por último a estar muy, muy enfadado.

Al fin, se le ocurrió una brillante idea:

—Hugh —le dijo a su esposo—, vayamos donde Betty para tomar prestadas sus llaves y embarquémonos en una cacería de fantasmas en toda regla. La tarde ha pasado muy rápido y la luna que resplandece sobre la nieve hará que las habitaciones tengan tanta luz como si fuera de día. Mira —añadió mientras apartaba los pesados cortinajes carmesíes que colgaban sobre las hondas ventanas de pequeños cristales—, no hay nubes y es probable que mañana puedas salir a disparar de nuevo; puede que no volvamos a tener una oportunidad tan gloriosa como esta en muchos meses, así que no la desaprovechemos. Ambos estamos cansados de permanecer junto al fuego y una carrera por esas misteriosas habitaciones del piso superior nos abrirán el apetito para la cena, incluso aunque no nos encontremos con la tan deseada aparición.

—Hará un frío terrible —contestó Hugh mientras se encogía de hombros y extendía los brazos hacia el gran fuego que ardía en la chimenea—. Además, si en verdad nos encontráramos con un fantasma, te daría un susto de muerte; sabes que solo eres tan valiente porque en realidad no crees en las historias de Betty.

—Mi querido Hugh —anunció Ruth con seguridad—, no creo ni por un momento que vayamos a ver nada peor que a nosotros mismos, como mi vieja nana solía decir. Pero si lo hacemos ¿qué podría sucedernos en realidad? He estado recorriendo esas estancias por las noches, sobre todo cuando Betty estuvo tan enferma hace dos semanas y creo que si de verdad hubiera algo que ver, debería de haberlo visto ya. De todos modos, no subiré ahora si no te gusta la idea.

—Oh, claro que subiremos —replicó Hugh—, tengo pereza, eso es todo.

Y mientras decía esto, llamó al timbre y reclamó las llaves. Tras un pequeño retraso llegaron un sinfín de llaves de todo tipo y tamaño, y allá que fueron el señor y la señora Monroe en su cacería de fantasmas.

El ánimo de Hugh mejoró con la búsqueda; anduvieron de arriba abajo y abrieron los cerrojos de armarios y habitaciones que habían permanecido ignorados durante meses y probablemente durante años, pero aún así, no encontraron rastro de ningún fantasma. De vez en cuando les llegaba un sugerente crujido desde los polvorientos cortinajes de las camas de roble con dosel, y Hugh y Ruth se cogían de las manos con un poco más de fuerza de lo habitual, para descubrir poco después que se trataba del viento, que había empezado a soplar con más fuerza. O, a la titilante luz de la lámpara que llevaban, veían a un pequeño ratón gris escabulléndose debajo de las camas. O, si cuando abrían alguna pesada puerta, un escalofriante gemido agujereaba la oscuridad a su paso, esto resultaba al final estar causado por los oxidados goznes.

Cada vez estaban más alborozados y, a medida que la cacería avanzaba sin rastro de ningún fantasma, empezaron a reírse y a hablar en voz alta. De pronto, se tropezaron con una puerta al final del pasillo que conducía a la parte deshabitada de la casa y que nunca habían visto antes. Por supuesto, estaba cerrada con llave, y tras descubrir que ninguna de las que tenían en su poder conseguía abrirla, llegaron a la conclusión de que tendrían que ir al piso inferior de nuevo y encontrar una que encajara en la cerradura. De súbito, el viento pareció cobrar aún más fuerza y una violenta ráfaga de aire salió por el ojo de la cerradura, justo en el momento en que la señora Monroe miraba a través de ella para verificar que la llave no estuviera puesta al otro lado. La lámpara que llevaba en la mano se extinguió y los sumió al instante en la oscuridad. El señor Monroe la encendió de nuevo con rapidez.

—Deben estar todas las ventanas abiertas —dijo—, si ese es el caso, esta exploración de nuestros dominios es muy oportuna. Me atrevería a decir que la vieja Betty ha perdido la llave y teme que vaya a regañarle por su descuido. Pero si no estás asustada, Ruth —añadió mientras se giraba hacia su mujer—, bajaré corriendo y le preguntaré por la llave. Si la ha perdido, forzaré la puerta para cerrar esas ventanas. Hace bastante viento aquí como para navegar a toda vela.

—Sí, ve —respondió la señora Monroe alegremente—. Sin duda es aquí donde reside el fantasma del marinero que, cuando el viento es fuerte, hace las noches tan turbulentas. Si nos libramos de él tal vez no me vea obligada a contratar una nueva doncella cada vez que sopla el viento desde el noroeste; está empezando a ser un problema, sobre todo ahora que la nieve es tan profunda. No debería haber traído a ninguna de York.

—De acuerdo, espera aquí entonces —repuso el señor Monroe y se apresuró a bajar al piso inferior en busca de la vieja criada y de la llave perdida.

Esta se levantó temblando de su sillón frente al fuego y dijo atropelladamente:

—No lo haga, amo Hugh.

—No lo haga —repitió Hugh con desdén—, ¿qué no haga el qué? Si has perdido la llave no importa, conseguiremos una nueva pronto. Pero si ese no es el caso y esto es alguna de tus tontas supersticiones, ya deberías saber que eso no funciona con nosotros. Y date prisa, ahí arriba hace un frío de muerte. Las ventanas están abiertas y aunque la noche está tranquila, el viento parece que lo atraviesa a uno.

—Amo Hugh —replicó Betty con valentía—, en esa habitación han yacido los cadáveres de muchos miembros de la familia Monroe; de una forma u otra, todos y cada uno de ellos o bien han muerto allí o han sido llevados a esa estancia dentro del ataúd para esperar hasta el día de su funeral. Y esta noche, amo Hugh —añadió, su elocuencia aumentaba a medida que crecía el miedo a que su señor le quitara la llave—, esta noche es el aniversario del día en que trajeron al amo Charles desde la bahía de Flamborough, ahogado y muerto; y usted sabe que, tan pronto como entre en esa habitación, verá reflejada en el espejo el rostro del miembro de la familia que va a morir antes de que acabe el año, y en la cama, amo Hugh, verá el ataúd con su espantoso goteo, plop, plop, plop, cayendo de la mortaja del pobre muchacho difunto, igual que como goteó incesante el agua de mar en su día hasta que lo enterraron, y ya no lo vimos más.

—¿Qué diantres estás haciendo, Hugh? —interrumpió una voz desde la puerta—. Estoy casi congelada y quiero entrar en la habitación.

—Dame la llave, Betty —apremió Hugh—. Correré el riesgo de encontrarme con fantasmas, ataúdes y demás. De hecho, estamos cazando fantasmas. Verás, querida —continuó dirigiéndose a su esposa, quien, cansada de esperar, había bajado para averiguar qué estaba haciendo—, según Betty deberíamos gritar ¡eureka!, ya que el fantasma ha sido encontrado. —Y, entre risas, cogieron la llave de la mano reticente de Betty, subieron con rapidez la ancha escalera de roble y se encontraron de nuevo ante la puerta de la estancia fantasma.

El viento parecía haberse recrudecido en su corta ausencia y, mientras descansaban un instante tras su carrera escaleras arriba, les pareció escuchar el rítmico plop, plop, plop, que la vieja Betty había vaticinado. Hasta sus valientes corazones se estremecieron un instante pero con un impaciente: «Imaginaciones nuestras, por supuesto», Hugh giró la llave en la cerradura y abrió la puerta.

Era tan solo una desnuda estancia con suelo de madera y, en mitad de la misma, aquella cama donde habían reposado tantos cadáveres. Los postigos de las tres diminutas ventanas estaban cerrados, pero a través de sus rendijas se filtraban los rayos de la luna y una terrible ráfaga de viento agitaba las colgaduras del dosel de tal manera que parecía que una multitud de figuras se escondían entre sus pliegues para espiar a los recién llegados. Entre cada ventana colgaba un espejo, y otro más encima de la repisa de la chimenea. No había más muebles.

—Una de las ventanas debe estar rota —comentó la señora Monroe adelantándose para abrir los postigos. Acababa de hacerlo cuando la sobresaltó un fuerte golpe a sus espaldas. Su marido había caído al suelo mientras balbuceaba: «¡Dios mío!».

Ruth se abalanzó sobre el timbre y lo hizo sonar con un tremendo repiqueteo y, antes de que los criados llegaran a toda prisa, arrastró a Hugh entre sus brazos sin importarle los fantasmas que pudiera haber a su alrededor. Centró toda su atención en su marido y deseó fervientemente poder conseguir algo de ese agua que no cesaba de gotear cerca de ella. En el momento que aparecieron los criados, vio un delgado riachuelo de agua que serpenteaba en su dirección, creando una línea de luz a través del polvo. Se inclinó hacia delante para sumergir su pañuelo en el agua, cuando Betty que, a pesar de su edad fue la primera en responder la llamada que había estado esperando sin aliento desde que la llave había abandonado sus manos, se adelantó con rapidez y con un: «se-se-señora, eso es agua del cadáver», vertió el contenido de una jarra de agua que había traído consigo, convencida de que iba a necesitarla. Llevaron a Hugh fuera de la estancia a su propia habitación, y cuando Ruth se giró para cerrar la puerta, vio, o le pareció ver a la luz de luna, que ahora inundaba la habitación, la pálida sombra de un ataúd sobre la cama. De él fluía el estrecho río de agua que casi había usado para reconfortar a su marido y, con un escalofrío de terror pero con la promesa de investigar el asunto, cerró la puerta, se guardó la llave en el bolsillo y se encaminó a la habitación de su esposo.

Para entones, él ya había vuelto en sí y se estaba preguntando qué demonios era lo que lo que le había sucedido; pero en el momento en que vio entrar a su mujer, el recuerdo del horror volvió de golpe y casi se desmayó de nuevo. No se recuperó hasta el día siguiente.

Estaban ambos sentados a la mesa del desayuno cuando Ruth le imploró que le contara con calma y con cuidado todo lo que había visto. Sin embargo, lo único que consiguió sonsacarle fue la garantía de que ningún poder en esta tierra podría inducirle a contarle nada, y que deseaba poder olvidar todo aquello tan pronto como le fuera posible.

—¿Fantasmas? Bah, los fantasmas son una tontería por supuesto, pero aún así no hay necesidad de hablar de ellos.

—Pero, Hugh —contestó Ruth con aire misterioso—, yo también lo he visto, y no me importa en absoluto. Después de todo —añadió alarmada al ver la expresión de su marido—, pudo ser solo una gotera del techo, y los rayos de luna pueden adquirir curiosas formas, en especial si se reflejan en la nieve. Creo que el ataúd solo existió en nuestra imaginación así que esta noche subiré de nuevo para aclarar las cosas de una vez por todas. Si realmente hay un fantasma, bueno, entonces deberíamos poner todos nuestros esfuerzos en liberar al perturbado espíritu, pero si no hay ninguno, será mejor que confirmemos que ese es el caso, ya que estás palideciendo y pareces a punto de desmayarte solo con pensar en ello.

—No debes hacer nada de eso —replicó Hugh con decisión—. No vi ningún ataúd ni tampoco agua, y lo que sí vi probablemente no tenga consecuencia alguna, pero no puedo mencionarlo, y menos a ti, entre todas las personas. Por lo menos hasta que haya pasado la primera conmoción. Y debo rogarte que cejes en cualquier empeño que puedas tener de ir ahí de nuevo.

Antes de que Ruth tuviera tiempo de concederle su deseo o de discutir su absurda superstición, Hugh se percató de que el cartero se acercaba por fin con esfuerzo por la avenida que conducía a la casa a través de la nieve derretida y el barro. Se levantó para ir en su busca, sin duda con el deseo de olvidar todo lo relativo a la noche anterior.

—Siento mucho el retraso, señor —dijo el cartero—. Pero aún más siento ser el portador de malas noticias. Su pobre hermano está desconsolado. Ha perdido a su esposa y desea verlo de inmediato. El funeral es mañana y él confía en que las carreteras estén lo suficientemente transitables para permitirle acudir a su lado, ya que se encuentra destrozado.

Hugh cogió las cartas y volvió a entrar, y ¿quién podría decir lo agradecido que se hallaba ante aquellas terribles noticias? Pues hubiera jurado que era el rostro de su esposa el que había visto en el espejo de la habitación fantasmal la noche anterior y ahora resultaba, o eso creía él, que había sido el de la mujer de su hermano pequeño, quien, a su vez, era hermana de su mujer y se parecía mucho a Ruth. En su alborozo al sentir ese peso evaporarse de su mente, casi se olvidó de comunicarle a su esposa la muerte de su hermana. Se alegró de encontrarla distraída con sus labores domésticas, ya que cuando le leyó las cartas, la tristeza se adueñó de su semblante. La pobre Ruth se hallaba tan afectada y a la vez con tanto ajetreo en la preparación del equipaje de su marido, que el fantasma se borró de las mentes de ambos, y fue solo cuando él se hallaba a medio camino de York, en mitad de los páramos donde la nieve se derretía con rapidez bajo la cálida lluvia del nordeste, que Hugh deseó haberle contado a Ruth toda la verdad y haber esperado hasta conseguir de ella la promesa que le había suplicado aquella mañana. Pero ahora era demasiado tarde, así que cabalgó hasta cubrir los setenta kilómetros de su frío y húmedo viaje y se encontró a sí mismo entrando en las oscuras y estrechas calles de York.

Parte II
La consumación

Después de haber intercambiado las tristes y consabidas preguntas y respuestas, el señor Monroe procedió a contarle a su hermano Edgar la alarma que había suscitado en él la aparición en el espejo de la estancia fantasma la noche anterior. Edgar levantó la mirada desde su sillón junto al fuego y preguntó:

—¿A qué hora lo viste, Hugh?

—No hay manera en que pueda saberlo —respondió su hermano—. Pero diría que sobre las seis o un poco más tarde. ¿Pero qué importancia tiene eso? La advertencia se me transmitió a mí; si tan solo no hubiera asumido que se trataba de Ruth…

—Mary murió anteayer —continuó Edgar—, estaba sentada aquí, y me miraba tal y como tú estás haciendo ahora cuando, de pronto, cayó hacia delante. Debió morir en ese mismo instante. Gracias a Dios —añadió con voz entrecortada— no sufrió en ningún momento. El doctor Borcham me dijo que su muerte fue instantánea, y que su padre había muerto de la misma manera. Debe ser cosa de familia.

—¡Dios no lo quiera! —exclamó Hugh mientras se levantaba de un salto—. No hables así, por lo más sagrado; recuerda que Mary y Ruth son hermanas, piensa lo que estás diciendo.

—No sé porqué razón rezamos contra una muerte súbita —observó Edgar con el mismo tono de voz calmado—. Piensa de qué manera tan compasiva uno se desliza fuera de la confusión y el dolor de esta vida mortal hacia el descanso perfecto. ¡No quisiera más que tumbarme al lado de Mary y dormir también!

—Compasiva para aquellos que se marchan —replicó Hugh—, pero no para aquellos que se quedan atrás. ¡Piensa en el doloroso impacto! Pero se está haciendo tarde y he tenido un viaje largo. Debo retirarme a dormir. —Y después de desearle buenas noches a su hermano, subió por las escaleras hasta la habitación que le habían asignado.

Justo al otro lado del estrecho pasillo se encontraba aquella otra habitación en silencio, esa en la que yacía el cuerpo de su cuñada. Bajo la puerta se colaban una delgada línea de luz y un murmullo de voces que demostraban que alguien todavía estaba en la estancia con ella. Hugh no la había visto desde el día en que los dos hermanos y las dos hermanas habían contraído matrimonio. Cogió de nuevo su vela, anduvo a lo largo del pasillo y llamó a la puerta. Esta se abrió una rendija: era la vieja niñera de la familia que había venido a vivir con Mary después de que esta se casara. Al ver quien era, salió y cerró la puerta cuidadosamente a sus espaldas. Guio al señor Monroe de vuelta al interior de su habitación y cerró esta puerta también.

—Escuche, señor Monroe —dijo—. Sé lo que quiere, pero escúcheme y no pida de nuevo ver a la pobre señorita Mary. Es mejor que la recuerde como era la última vez que la vio, una preciosa novia feliz, a que sustituya esa imagen en su mente por cómo está ahora; y además —añadió—, se parece tanto a la querida señorita Ruth que estoy segura de que usted no debería verla. Ya no hay remedio, pobre chiquilla, y usted puede sufrir una conmoción de la que no le sea fácil recuperarse. Ya está demasiado pálido y cansado ahora mismo.

—De acuerdo, Povis —contestó Hugh—. Puede que tengas razón, pero pensé que el señor Edgar podía sentirse dolido si no la veía. De todas formas, dejaré que tú le expliques la situación y, como realmente estoy agotado, seguiré tu consejo. Así que, buenas noches. —Y después de que la vieja niñera regresara a su melancólica tarea de velar el cadáver, Hugh se apresuró a prepararse para dormir.

Mientras se desvestía sentado en un lado de la cama, Hugh se vio reflejado en el espejo de la habitación, y allí, mirando por encima de su hombro, se encontraba el mismo espantoso rostro de la noche anterior. Esta vez sus ojos estaban abiertos y parecía que lo miraban de una forma implorante y atrayente a la vez, como si le estuviera urgiendo a hacer algo. Solo se distinguía el rostro, como si la cabeza estuviera separada del cuello, o como si la cabeza y el resto del cuerpo estuvieran envueltos en una niebla gris de la cual sobresalían los pálidos y bellos rasgos de su esposa. Porque era su esposa, Hugh no lo dudaba en absoluto. Se levantó y se acercó al espejo con rapidez pero, a medida que avanzaba, el rostro se desvanecía poco a poco, y aunque permaneció de pie entre escalofríos mirando en todas direcciones, este no volvió a aparecer. Decidió que había sido un producto de su imaginación y se metió en la cama con rapidez. Estaba tan exhausto que no tardó en quedarse dormido.

Por la mañana se despertó descansado, con la mente clara y alerta. Se levantó y se vistió, pero mientras se peinaba delante del espejo, un frío viento pareció pasar a su lado. Dejó el peine suspendido en el aire, pues allí, mirando de nuevo por encima de su hombro, estaban los tristes ojos grises de su esposa. Esta vez pudo distinguir un poco más de su cuerpo y, al clavar sus ojos impotentes en aquellos enfrente de él, la figura levantó una mano donde vio brillar en uno de sus dedos el anillo de compromiso de Ruth, el curioso y antiguo anillo que los hijos mayores de la familia Monroe habían usado para prometerse desde tiempos inmemoriales.

—¿Qué es lo que deseas? —susurró Hugh con una voz dura, singular, extraña a sus propios oídos—. ¿Qué es lo que quieres?

Los pálidos labios se entreabrieron como si se dispusieran a hablar. No salió de ellos palabra alguna, pero un eco resonó por toda la habitación como los compases de una música remota traída desde lejos por una suave brisa: «¡Demasiado tarde! ¡Demasiado tarde!» y la visión se desvaneció.

Abatido y perturbado, Hugh terminó de vestirse y bajó al piso inferior para encontrar a su hermano sentado en el mismo lugar donde le había dejado la noche anterior. A la pálida luz que luchaba por abrirse paso a través de las persianas cerradas, lucía demacrado y taciturno. Se levantó alarmado cuando vio a Hugh y le preguntó qué sucedía. Tras contarle toda la historia, le pidió que ordenara su caballo para volver a casa de inmediato.

—No puedes dejarme ahora —suplicó Edgar—, solo por un sueño o una visión, o lo que es más probable, por tu propio cerebro agotado jugándote una mala pasada. No te habías recuperado de la primera impresión y, después, la muerte de la querida Mary te ha atormentado de nuevo. Créeme, son solo imaginaciones tuyas. ¿Y qué puede haberle pasado a Ruth desde las diez de la mañana de ayer? No podré superar este terrible día sin ti. Te ruego e imploro que al menos te quedes hasta mañana, cuando estaré agradecido de poder cabalgar contigo y quedarme en vuestra casa por un tiempo.

Hugh insistió en su deseo de partir a su hogar al momento, pero Edgar suplicó y lloró de esa espantosa manera en la que los hombres vierten lágrimas, que no tuvo más remedio que ceder. El día pasó con celeridad entre el ir y venir a la iglesia, y el consolar y confortar a su hermano durante la difícil ceremonia; al atardecer, ambos se encontraron de nuevo sentados frente al fuego del comedor. Hugh había acudido a su habitación varias veces durante el día; cada vez atisbaba el espejo entre escalofríos de terror pero no vio el rostro de nuevo. Estaba empezando a pensar que, una vez hubiera pasado la noche y se encontrara sobre su caballo de camino a casa, podría permitirse reír de aquella superstición y aquellas tonterías, cuando un profundo y peculiar gemido hizo que ambos hermanos miraran hacia arriba y escucharan con atención. Justo cuando Edgar iba a hablar, el gemido creció y creció, hasta que sonó como si un tremendo viento barriera la habitación. Hugh se levantó sobresaltado y, en aquel preciso momento, la puerta de la habitación se abrió con violencia y una delgada figura gris se deslizó de manera espantosa en el interior de la estancia hasta llegar en silencio al lado de la chimenea. La puerta se cerró de nuevo con suavidad, y Hugh y Edgar se agarraron las manos en un agónico apretón. Mientras avanzaban lentamente hacia la figura, el neblinoso velo que la envolvía se disolvió poco a poco y, con un mutuo estremecimiento de terror, ambos reconocieron a Ruth Monroe.

El viento y el gemido se desvanecieron y un pavoroso silencio llenó la habitación, que se sentía repentinamente húmeda y fría, como si el velo de niebla se hubiera fundido con el ambiente. Ruth no se movió ni apartó la mirada de los ojos de su marido, los cuales contemplaba de la misma manera implorante que en las otras ocasiones. La voz de Edgar tembló al dirigirse a ella, pero la llamó por su nombre y suplicó que les hablara. Al oír el sonido de su voz, la figura levantó una mano y movió los labios tal y como el rostro del espejo había hecho. Palabras inconexas y mudas parecieron permear la habitación pero de una manera tan tenue que ninguno de los hermanos pudo distinguirlas, y cuando Hugh se abalanzó hacia delante para asir la extendida mano, la figura se desvaneció lentamente sin dejar rastro de su extraordinaria visita.

—¡No sirve de nada! —exclamó Hugh—. Me volveré loco si no vuelvo a casa. Algo terrible ha debido de suceder. Le pediré a George que ensille los caballos y marcharé de inmediato. Otra noche como la pasada u otra aparición serán el motivo de mi muerte.

Llamó al timbre y ordenó a su criado que él y los caballos estuvieran listos al momento. Y así marcharon a través de las tranquilas calles de York; los cascos retumbaban sobre el empedrado mientras salían a la noche a través del Micklegate Bar; la mañana pugnaba por abrirse paso a través de la fría y espesa niebla que envolvía la aldea cuando se acercaban a la mansión. Los cansados caballos se detuvieron un instante sobre el puente mientras observaban la casa que permanecía silenciosa entre los árboles. Hugh azuzó con ansiedad a su exhausta montura por la avenida que conducía a la entrada de la casa, y tras subir corriendo los escalones, tocó al timbre como si quisiera despertar a los muertos además de a los vivos.

La puerta se abrió al momento por la vieja Betty quien estaba dejando salir al médico. Este, al ver al señor Monroe, se detuvo dubitativo en el marco de la puerta.

—¡Por todos los santos! —gritó Hugh—. Mi mujer…

El médico le cogió del brazo y lo guio hasta el comedor.

—Mi querido señor Monroe —dijo—, debe preparase para una terrible calamidad; su querida esposa ha recibido un impacto tal que, o bien la terminará matando, o bien la privará de su cordura para el resto de su vida. No puedo decirle cómo o qué es la causa de esto, pero Betty me ha dicho que la encontró en la habitación de la muerte anteanoche, completamente insensibilizada y que desde entonces ha estado llamándole a usted de una forma espantosa. Escuche —añadió—, puede oírla ahora.

Y Hugh abrió la puerta del comedor y oyó llamar su nombre de la misma extraña manera que había usado la figura que lo había visitado en York. Se sacudió la mano del médico que intentaba detenerle y voló escaleras arriba; y allí, sentada en la cama y observada por las aterrorizadas doncellas, estaba su mujer que gritaba su nombre sin descanso. Al verlo se detuvo y lo miró con cariño aunque también con la misma tristeza con la que lo había hecho el fantasma y dijo:

—Te he esperado para decirte adiós. Fui a verte tres veces pero te quería en casa. Sí que hay un fantasma arriba. Me vi a mí misma tendida en esa cama atroz y eso acabó conmigo. El doctor siempre ha dicho que cualquier conmoción tendría ese efecto. Y casi te mata a ti también. Tan solo estoy esperando para besarte antes de irme.

El pobre Hugh se lanzó de rodillas y la abrazó con fuerza entre sus brazos. Mientras lo hacía, los ojos se cerraron, la boca adquirió las líneas de un reposo infinito, los brazos se cruzaron sobre el pecho de Ruth y ella yació muerta y tan fría como el mármol en el abrazo de su marido.

Durante noches y días, Hugh permaneció entre la vida y la muerte y no fue hasta muchos meses después que pudo soportar oír toda la historia; meses hasta que pudo escuchar cómo la encontraron en la vieja habitación del piso superior, tras haberse dirigido allí para descubrir qué era lo que había alarmado tanto a Hugh, sin escuchar las llorosas plegarias de la vieja Betty y sin hacer caso de la tácita promesa hecha a su esposo. Pero cuando por fin oyó la historia, y volvió a visitar la temible habitación, dio órdenes de que aquella parte de la casa fuera demolida y reconstruida, de tal manera que no quedara rastro alguno de la estancia de la muerte de los Monroe y no fue hasta que le fue concedida otra esposa y media docena de ruidosos hijos, que se le vio sonreír de nuevo. Si alguna vez durante las navidades, la conversación se dirigía hacia esa cautivadora cuestión, él cambiaba de tema abruptamente, y no volvió a contar nunca la historia del rostro en el espejo.

El espejo en sí no fue destruido y los Monroe todavía lo conservan. Es mencionado con supersticiosa reverencia, ya que si va a haber una muerte en la familia en ese año, es cosa segura que en la noche de Todos los Santos, el rostro de esa persona aparecerá reflejado en el espejo, al menos eso dice el ama de llaves, quien añade con una sonrisa en su rubicundo semblante: «Nadie tienta ahora a la Providencia yendo a echar una ojeada al espejo, ya que el fantasma solo puede ser visto por un Monroe, y sería algo terrorífico, ya sabe, señor, si ellos vieran sus propios rostros contemplándoles desde el espejo».

Ella

Capítulo I

—Y es su intención conservar Orange Grove para ocuparla usted misma, señorita —inquirió con seriedad el abogado, cuyos ojos estaban ocultos por completo bajo unas tupidas cejas.

—Sin duda —contestó mi amiga—. Orange Grove es lo mejor de mi fortuna. Casi parece que la Providencia haya tenido algo que ver. ¿Te puedes crees, Helen —continuó Lota dirigiéndose a mí—, que mi querido abuelo se construyó una casa de invierno en el sur? Los doctores siempre están hablando de mis débiles bronquios y resulta que existe una solitaria casa con jardines y bosquecillos de naranjos que me espera en un clima inventado con el único propósito de aliviar ese tipo de dolencias. Viviré allí cada invierno de mi vida, señor Dean.

El eminente y respetable letrado se permitió un breve silencio antes de responder:

—No es una casa afortunada, señorita Hammond.

—¿Por qué dice eso?

—Su abuelo solo vivió para pasar un invierno en ella. Tenía una salud excelente cuando se trasladó allí en diciembre; era un hombre fuerte y corpulento, y sin embargo, cuando me llamó en febrero para que acudiera a preparar su testamento, el que la ha convertido a usted en única heredera, me conmocionó el cambio que se había producido en él: frágil, demacrado, con los nervios destrozados; era una ruina absoluta.

—Eso fue muy triste, pero no culpará a una encantadora villa en Italia —mi amiga bajó la vista hacia la fotografía en su regazo con una sonrisa; esta mostraba una típica villa italiana con ventanas francesas, porche, balcones, torreones, terraza, jardín y una fuente— del repentino empeoramiento en la salud de una persona anciana. He oído que hombres mayores como mi abuelo, con buenos hábitos y un modo de vida activo, pueden envejecer de súbito.

—No era solo que hubiera envejecido, su mente había cambiado también. Estaba nervioso, inquieto, infeliz a todas luces.

—Bien, ¿y no le preguntó por qué? —demandó Lota, cuyo impulsivo temperamento comenzaba a rebelarse ante la solemnidad del abogado.

—Mi posición no me permitía interrogar al señor Hammond en una cuestión tan personal. Observé el cambio y lo lamenté. Murió seis semanas más tarde.

—Pobre y querido abuelo. Éramos muy amigos cuando yo era una niña. Y entonces me enviaron a Alemania con una institutriz; ¡pobre criatura huérfana!, y después a Pekín, donde padre era cónsul y donde murió, por lo que me mandaron de vuelta a casa y aquí me acogió la más inteligente de todas mis tías y tuve mi pequeña inmersión en sociedad. Y siempre excedía mi asignación, estaba hasta arriba de deudas… para una joven. Supongo que ningún hombre contaría como deudas aquellas que yo tenía. Y entonces, el abuelo se convenció de que yo lo agradaba y aquí estoy: heredera residual. ¿No es así como usted me llama? —preguntó con una inquisitiva mirada al abogado, quien asintió de manera grave—. Y voy a pasar los meses de invierno en mi villa cerca de Taggia. Solo piensa en eso, Helen. Taggia… Tag-gi-a.

Deletreó la palabra con lentitud y, al terminar, chasqueó sus bonitos labios como si paladeara algo apetitoso y me miró en busca de apoyo.

—No tengo ni la más remota idea de a lo que te refieres con Tag-gi-a. Suena como una palabra africana.

—Con certeza habrás leído *Doctor Antonio*[2].

[2] Novela del escritor italiano Giovanni Ruffini publicada en 1855. Ruffini era un patriota italiano que deseaba asegurar el apoyo de los británicos a la unificación de Italia, y escribió esta novela para atraer al turismo inglés a la Riviera italiana.

—Con certeza no lo he hecho.

—Entonces he terminado contigo, hay un abismo entre nosotras. Todo lo que sé de Liguria proviene de ese maravilloso libro. Me enseñó a suspirar por las costas del Mediterráneo cuando era pequeña. En Taggia hasta te enseñan la casa de Ruffini. Su casa de verdad, donde él residió.

—Debería considerar, señorita Hammond, que la Riviera ha cambiado bastante desde los tiempos de Ruffini —replicó el abogado—. Y no es que yo tenga nada en contra de la Riviera *per se*. Solo le aconsejaría que pasara el invierno en una localidad más conveniente, una que no sea un atracón de romanticismo entre San Remo y Alassio. Sugeriría Niza, por ejemplo.

—Niza. Precisamente el otro día alguien decía que Niza es el lugar de encuentro escogido por la peor clase de personas de Europa y América.

—Quizá por eso es un sitio tan aceptable —contestó el abogado—. Hay círculos y círculos en Niza. No necesita respirar el mismo aire que las personas de mala clase.

—¡Un lugar enorme y urbano! —exclamó Lota—. El abuelo decía que no era mejor que Brighton.

—¿Puede haber algo mejor que Brighton? —pregunté yo.

—Helen, siempre has sido una filistea. Fue por espantosos lugares como Niza y Cannes que el abuelo compró una villa, cuatro veces más grande de lo que necesitaba, en este romántico lugar.

Besó la casa blanca de la fotografía y alabó lo salvaje del paisaje en mitad del cual se erigía la solitaria y majestuosa villa. Palmeras, olivos y cipreses en un profundo valle que cortaba el centro de la imagen; románticas montañas remotas (se vislumbraba una blanca cima en la distancia), y en primer plano, suaves peñascos y riachuelos.

—¿Pero existe de verdad? —preguntó Lota de súbito—, ¿no es el decorado pintado de un fotógrafo? Tienen unos trucos odiosos, los fotógrafos. Una se sienta para que le tomen su fotografía en un ordenado estudio en South Kensington y la envían a casa sonriendo desde un primitivo bosque o delante de un océano tormentoso. ¿Esto es real?

—Absolutamente real.

—Muy bien, señor Dean. Entonces voy a mudarme allí en la primera semana de diciembre. Y si quiere erigirse como mi protector en memoria de mi abuelo, todo lo que tiene que hacer es encontrarme a un respetable mayordomo que no se beba mi vino ni se escape con mi vajilla. Mi tía se encargará de procurarme el resto del personal.

—Mi querida jovencita, usted puede ordenar cualquier mísero servicio de mi parte, pero hablemos en serio, ¿no es pura obstinación escoger una casona en una zona asilvestrada del país cuando sus abundantes medios le permitirían alquilar la más coqueta de las villas de la Riviera?

—Odio las villas «coquetas», siempre son demasiado pequeñas, excepto para algunas viejas y amargadas solteronas que quieren escuchar todo lo que los criados dicen de ellas. La espaciosa casona, el salvaje y solitario paisaje, esas son las cosas que quiero, señor Dean. Consígame un mayordomo que no termine cortándome el cuello y no insista más.

—Entonces señorita, he terminado. Una mujer obstinada siempre debe salirse con la suya, aunque la suya sea una obstinación ridícula.

—Todo en esta vida es ridículo —respondió Lota con ligereza—. Aquellos que viven de forma peligrosa al final terminan igual que sus nefandos sabiondos. Y ahora que ya sabe que estoy decidida, que nada de lo usted pueda decir doblegará mi férrea voluntad, por favor, dígame, como el querido abogado familiar al que conozco desde que empecé a distinguir una cara de otra, dígame por qué se opone a Orange Grove. ¿Son las tuberías?

—No hay ningún problema con ellas.

—Entonces, una cosa está bien —prosiguió Lota enumerando con el dedo índice—. ¿Se trata de los vecinos?

—¿Necesito decir que no hay vecinos? —replicó el abogado mientras señalaba la fotografía.

—Cuestión número dos arreglada. ¿Es el ambiente? La presión atmosférica no puede ser baja y, al estar en la ladera de una colina, apenas puede haber humedad.

—Creo que las habitaciones de la parte trasera son húmedas. La ladera de la colina está muy cercana a las ventanas. Esas habitaciones son sin duda sombrías y húmedas.

—¿Y cuántas habitaciones hay en total?

—Casi treinta. Repito que es una casona enorme, demasiado grande para usted o para cualquier jovencita sensata.

—Para esta sensata jovencita, seguro —repuso Lota haciéndome un impertinente gesto con la cabeza—. A ella le gusta un primer piso de la plaza Regency en Brighton, con una pequeña habitación bajo el tejado para su doncella.

Yo no soy sensata y me gusta tener muchas habitaciones; habitaciones para merodear, para amueblar y desamueblar, para ordenar y desordenar. Habitaciones en las que ver fantasmas. Y ahora, mi queridísimo señor Dean, voy a desenmascarar su misterio de una vez por todas. ¿Qué tipo de fantasma es el que embruja Orange Grove? Sé que hay un fantasma.

—¿Quién le ha dicho algo así?

—Usted. Usted me lo ha estado diciendo durante la última media hora. Es a causa del fantasma que usted que no quiere que yo vaya a Orange Grove. Bien, puede ser sincero y contarme toda la historia. No me asustan los fantasmas. De hecho, creo que me gusta bastante la idea de tener un espíritu en mi propiedad. ¿No te gustaría a ti, Helen, si tuvieras una propiedad?

—No —respondí con decisión—. Odio los fantasmas. Siempre vagan por casas húmedas y con mala fontanería. No creo que fueras capaz de encontrar un fantasma en Brighton, incluso si pusieras un anuncio en los periódicos.

—Hábleme del fantasma —urgió Lota de nuevo al abogado.

—No hay nada de qué hablar. Nadie de la zona ni los criados de la casa llegaron nunca a decir que Orange Grove estuviera embrujada. La única aseveración al respecto ha sido que, en tiempos inmemoriales, el dueño o la dueña de esa casa fueron desgraciados.

—Tiempos inmemoriales. Vaya, pensaba que el abuelo había construido la casa hace veinte años.

—Él solo añadió la parte delantera que se ve en la fotografía. La parte trasera, que es la más extensa, tiene trescientos años. El lugar era un hospital de monjes. Este pertenecía a un monasterio benedictino de la zona y era donde enviaban a los monjes enfermos desde otras casas benedictinas.

—Oh, eso fue hace millones de años. ¿No supondrá que los fantasmas de todos los monjes enfermos, quienes fueron tan poco considerados como para fallecer en mi casa, se dedican a embrujar las habitaciones traseras?

—Le repito, señorita Hammond, que nadie, según tengo entendido, ha declarado que la casa esté embrujada.

—Entonces no puede estar embrujada. Si lo estuviera, los criados habrían visto algo. Son los campeones en avistamientos de fantasmas.

—Yo no creo en fantasmas, señorita Hammond —replicó el viejo abogado con simpatía—, pero sí que soy supersticioso hasta cierto punto. No puedo evitar pensar que hay algo llamado «suerte» y, a lo largo de mi carrera profesional, he contemplado las marcadas diferencias entre la gente afortunada y la desafortunada. Y Orange Grove ha sido una casa desafortunada durante los últimos cien años. Su mala suerte es tan vieja como su historia. Y ¿por qué, en nombre de todo lo razonable, debería una bella jovencita, quien tiene el mundo a sus pies, insistir en vivir en esa villa?

—Primero, porque es mi casa. Segundo, porque me apasionó desde el momento en que vi esta fotografía. Y tercero, quizá, porque su oposición le da un toque de diversión a todo el asunto. Me mudaré allí el próximo diciembre, y tú, Helen, debes venir después de Navidad. Tu adorado Brighton es odioso en febrero y marzo.

—Brighton es siempre maravilloso —contesté—. Pero por supuesto, estaré encantada de ir a visitarte.

Capítulo II
Un paraíso en la tierra

Yo era la amiga más querida de Lota, al igual que ella era la mía. Hasta ese momento nunca había visto a nadie tan hermoso o tan fascinante y desde entonces no he vuelto a ver a nadie tan hermoso o tan fascinante. Ella no era ninguna Helena, ninguna Cleopatra; no era ningún espécimen del típico atractivo magníficamente modelado. Ella era solo ella misma. No era como ninguna otra persona, y para mí, era mejor que cualquiera: una etérea criatura forjada con delicadeza, llena de espíritu y fuego, ímpetu y afecto, que se lanzaba con ardor a cada cosa que emprendía, que vivía el presente con intensidad y era curiosamente imprudente ante el futuro y curiosamente olvidadiza del pasado.

Cuando me despedí de ella en la estación de Charing Cross el primer día de diciembre habíamos acordado que yo me reuniría con ella a mediados de enero. Uno de mis tíos viajaba a Italia en esas fechas e iba a acompañarme hasta Taggia, donde me encontraría con mi anfitriona. Así que cuando, la mañana antes de Navidad, recibí un telegrama suyo que me urgía a acudir junto a ella de inmediato, fue toda una sorpresa.

Le telegrafié de vuelta: «¿Estás enferma?».

Su contestación: «No estoy enferma, pero te necesito».

Mi respuesta: «Imposible. Acudiré según lo planeado».

No me hubiera importado demasiado hacer lo que Lota deseaba, tal y como le conté en la carta que le escribí tras mi último mensaje, pero las obligaciones familiares eran demasiado grandes. Uno de mis hermanos iba a desposarse a principios de año y se hubiera pensado que carecía de corazón si no hubiese estado presente en la ceremonia; además de que todos tenían la vieja idea de que la Navidad es un tiempo para dedicarlo a la familia. Le dije que si hubiera estado enferma o infeliz, habría cancelado cualquier obligación para acudir a su lado sin tardanza; pero sabía que ella era una criatura caprichosa y que sin duda este era un capricho más entre muchos. Tenía la constancia, además, de que estaba bien cuidada. Una de sus tías vivía con ella, la solterona más dulce y templada, quien encima la adoraba. También su antigua niñera y esclava, una india mestiza que la había acompañado desde Pekín, y tenía, además otra persona más, y la más querida de todas. El capitán Holbrook, del regimiento de Stonyshere, se encontraba en San Remo. Había visto su nombre en una nota de viajes en el *World* y no había podido evitar sonreír al ver el anuncio. Pensé que no había muchos de sus conocidos que sabían tan bien como yo el imán que lo atraía a San Remo en vez de a Monte Carlo o Niza. Yo sabía que amaba a Violeta Hammond con devoción aunque ella no se lo tomaba demasiado en serio. Le divertía su adoración y aceptaba sus atenciones a su alegre y ligera manera, pero sin considerar el futuro.

Sí, mi hermosa y desenfadada Lota estaba bien atendida, rodeada de abundante amor y resguardada con tanta fidelidad como un dios en un templo hindú. No estaba preocupada por ella en absoluto y descendí del tren en la pequeña y tranquila estación de Taggia con el ánimo alegre, al lado de un mar en calma, al anochecer de un día de enero.

Lota me esperaba en el andén junto con la señorita Elderson, su maternal tía, embutida en pieles de los pies a la cabeza.

—Pero, Lota —dije una vez nos hubimos besado y reído con los ojos llenos de lágrimas—, estás abrigada como si estuviéramos en Rusia, y para mí el aire se siente tan templado como el de un abril inglés.

—Cuando una posee un abrigo que ha costado cien guineas más vale que se lo ponga —contestó con despreocupación—. Compré estas pieles durante el luto.

—Lota se ha vuelto más friolera de lo que solía ser —adujo la señorita Elderson con su quejumbrosa voz.

Había un landó con un par de fuertes y robustos caballos esperando para llevarnos hasta la villa. El camino serpenteaba con delicadeza hacia arriba, entre huertos de naranjos y limoneros, riachuelos plateados y frondosos bosques, donde oscuros cipreses aterciopelados se erigían altos como torres entre el blanquecino gris de los olivos. Y así hasta aproximadamente medio camino entre el valle, donde los antiguos palacios de Taggia y las torres de las iglesias relucían en el crepúsculo igual que la cresta de la colina, a lo largo de la cual se amontonaban las blancas casas de la aldea. El arrebol de la noche ya había tornado rosáceo el cielo cuando al tomar una curva apareció ante nosotras el apacible océano. Y en aquella encantadora luz las marcadas líneas en el rostro de Lota fueron claramente visibles. Demasiado claramente, ya que vi el cruel cambio que los pasados tres meses habían ejercido sobre su fresca y joven belleza. Me había dejado en la flor de su juventud, alegre, despreocupada, desbordante de ese júbilo y novedoso deleite de libertad que la riqueza proporciona a una muchacha huérfana. Poder ir donde quisiera, hacer lo que quisiera, deambular por el mundo eligiendo siempre a sus acompañantes entre sus seres queridos, ese había sido el deseo de felicidad de Lota. Y si en su idea de la felicidad había habido un toque de vanidad, también había un generoso y cariñoso corazón, y una inquebrantable bondad hacia aquellos a quienes el Destino no había tratado con tanta amabilidad.

Ahora tenía delante de mí a una mujer demacrada e inquieta, con signos de preocupación escritos con toda claridad en su pálido y enjuto rostro. Sus encantadores ojos eran más grandes pero más translúcidos que antaño, y las marcas de una depresión nerviosa eran visibles en la forma en la que colgaban sus labios, que una vez habían sido como el arco de Cupido.

Recordé los empeños del señor Dean por disuadirla de que ocupara la villa de su abuelo en esta encantadora colina y comencé a detestar Orange Grove antes incluso de verla. Estaba preparada para encontrar una morada de fatalidad, una casa donde las nauseabundas miasmas de algún pantano vecino se hubieran abierto camino por cada ventana abierta y colgaran, frías y grises, en cada pasillo. Una casa tan obviamente malsana que había conjurado visiones de terror, formas espectrales engendradas por nervios débiles y noches en vela.

Decidí que si una audaz y enérgica mujer era capaz de influir en Lota Hammond, yo sería esa mujer, y que me la llevaría a Niza o a Monte Carlo antes de que ella tuviera tiempo de considerar lo que yo estaba haciendo. El carnaval me proporcionaría el pretexto perfecto. Declararía que tenía toda la intención de ver el carnaval en Niza y, una vez allí, me encargaría de que nunca regresara al lugar que la estaba matando. Miré con enojo a la tía, con su blanda cara ovejuna. ¿Cómo podía haber estado tan ciega como para no percatarse del cambio que se había efectuado en su sobrina? ¡Y el capitán Holbrook! Qué patética criatura, llamarse a sí mismo amante y permitir que la muchacha a la que ama se marchite delante de sus ojos.

Tuve tiempo de reflexionar mientras los caballos ascendían con lentitud por el camino de la colina, ya que ni tía ni sobrina tenían mucho que decir. De vez en cuando alguna señalaba algún rasgo del paisaje. Lota me dijo que adoraba Taggia y que idolatraba su villa y su jardín, y esa fue la extensión de nuestra conversación durante el viaje de más de una hora.

Por fin, giramos una cerrada curva y sobre nosotras, desde una terraza de mármol en la ladera de la colina, nos contemplaba la casa más hermosa que había visto en mi vida: un palacio de cuento de hadas con ventanales iluminados que relucían contra un fondo de boscosas lomas. No pude distinguir los colores de las flores en el plomizo anochecer, pero fui capaz de oler el aroma de las rosas y los fragantes geranios que abarrotaban las macetas en la terraza. Por dentro y por fuera todo era resplandeciente y luminoso, y hasta donde pude ver en la noche de mi llegada, no existía ni un solo rincón que pudiera albergar un fantasma. Lota me comentó que una de sus primeras mejoras había sido instalar luces eléctricas.

—Me encanta pensar que esta casa brilla como una estrella cuando la gente de Taggia mira a través del valle —declaró. Le dije que había visto el nombre del capitán Halbrook entre los visitantes en San Remo—. Ahora se aloja en Taggia. Terminó bastante cansado de San Remo.

—¿No tendrá algo que ver con el cambio el deseo de estar más cerca de ti?

—Puedes preguntárselo si quieres —replicó con una chispa de su antiguo desenfado—. Viene a cenar esta noche.

—¿Se pasa el día y la noche subiendo y bajando la colina? —pregunté.

—Serás capaz de comprobarlo por ti misma. No hay mucho que hacer en Taggia.

El capitán Holbrook me encontró sola en el salón cuando se presentó aquella noche porque, a pesar de los inconvenientes que acarrea la llegada después de un largo viaje, yo estaba vestida antes que Lota. Fue muy afable y parecía genuinamente contento de verme; de hecho, no tardó en expresar esto mismo con una llaneza más cercana a la simpatía que al halago.

—Me alegro de corazón de que haya venido —dijo—. Ya que ahora confío en que seremos capaces de sacar a la señorita Hammond de este deprimente agujero.

El recuerdo de que la casa se posaba sobre los hombros de una romántica colina con una vista de insuperable encanto, y el verme rodeada de la brillantez de los colores de un salón italiano bañado en una suave luz y en el fragante aroma de rosas y claveles hacía que me pareciera una consideración un tanto dura calificar la herencia de Lota como un «deprimente agujero». Pero el cruel cambio experimentado en la propia Lota era suficiente para justificar cualquier antipatía hacia la casa en la que esa transformación había tenido lugar.

La señorita Elderson y su sobrina aparecieron antes de que pudiera contestar y todos nos dirigimos al comedor. Este era tan luminoso y elegante como cualquiera de las otras habitaciones que había tenido la oportunidad de ver; todo había sido reformado y mejorado para satisfacer los costosos gustos de Lota.

—La villa debería ser hermosa —murmuró la señorita Elderson con voz lastimera—, ya que las mejoras de Lota han costado una fortuna.

—La vida es corta. Debemos aprovecharla todo lo posible —replicó Lota, contenta.

Todos estábamos alegres y hubo charla y risas durante toda la cena, pero sentí que había algo forzado en nuestro entusiasmo y mi propio corazón parecía de plomo. Regresamos juntos al salón. Las ventanas estaban abiertas dejando entrar la luz de la luna y el débil suspiro de la brisa nocturna entre los olivos. Lota y su amado se sentaron enfrente de los ardientes leños de la chimenea y la señorita Elderson me preguntó si me gustaría dar un paseo por la terraza. Había chales de lana blanca en la habitación preparados para una excursión informal de este tipo y la buena señora envolvió uno alrededor de mis hombros con maternal cuidado. La seguí con prontitud adivinando que estaba tan ansiosa por hablar conmigo en confidencia como yo lo estaba por hablar con ella.

Mi ímpetu se adelantó a su templado discurso:

—Está preocupada por Lota.

—Muy, muy preocupada.

—Pero ¿por qué no se la ha llevado lejos de aquí? Ha debido de ver que este lugar la está matando. ¿O quizá no sea consciente del terrible cambio ejercido en ella al verla todos los días?

—Soy consciente. El cambio es demasiado evidente. Lo veo cada mañana; veo que ella está un poco peor, cada día un poco peor, como si una espantosa enfermedad estuviera devorando su vida. Y, sin embargo, nuestro doctor inglés de San Remo dice que no le sucede nada excepto por un pequeño problema en los pulmones, y que este aire es el mejor, que la localización de la casa es perfecta para una dolencia como la suya: lo suficientemente alta para resultar vigorizante pero a la vez resguardada de los vientos fríos. Me dijo que no podríamos llevarla a un lugar mejor entre Génova y Marsella.

—¿Entonces ella se va a quedar aquí para marchitarse y morir? Hay algún tipo de influencia maligna en esta casa.

El señor Dean así lo dijo, algo terrible, extraño y misterioso.

—¡Oh, querida, querida! —exclamó la amigable y cobarde criatura mientras sacudía la cabeza con solemne reproche— ¿Cómo puedes tú, una mujer devota, creer en tonterías de ese tipo?

—No sé qué creer. Pero puedo ver que mi amiga más querida se está muriendo, tanto física como mentalmente. Los tres meses que hemos pasado separadas han devastado su salud como si hubieran pasado años. Y fue advertida en contra de esta casa, ella fue advertida.

—No hay ningún problema con la casa —replicó irascible aquella estúpida solterona—. El ingeniero sanitario que vino desde Cannes la examinó por completo. El alcantarillado es perfecto…

—¡Y su sobrina se está muriendo! —la interrumpí con violencia dándole la espalda.

Observé el mar color zafiro a través de los pálidos bosques grises sin ver en realidad el encantador paisaje que se extendía ante mí. Mi corazón rebosaba de indignación contra aquel débil afecto que veía cómo aquello que amaba se desvanecía de la faz de la tierra y aun así no era capaz de tomar cartas en el asunto.

Capítulo III
«A veces, se marchitan y mueren»

Puse a prueba mi propia influencia al día siguiente y, después de pasar una larga mañana en los prados con

Lota y el capitán Holbrook, en la que todos mis argumentos y súplicas aunque apoyados de la manera más ferviente por su devoto amante fueron inútiles, estuve dispuesta a juzgar con menor severidad a la insulsa solterona.

—Me aseguran que ningún otro lugar es mejor para mi salud que este —aseveró Lota—, y pretendo permanecer aquí hasta que mi doctor me ordene que me vaya a Varese o regrese a Inglaterra. ¿Supones que he gastado la renta de un año en adecentar la villa con la idea de huir de ella? Estoy harta de que se me moleste sobre la casa. Primero mi tía, luego el capitán Holbrook y ahora la joven Helen. La villa, los jardines y los bosques son completamente adorables y tengo toda la intención de quedarme.

—¿Incluso si no eres feliz aquí?

—¿Quién dice que no soy feliz aquí?

—Tu cara lo dice, Lota.

—Soy tan feliz aquí como lo sería en cualquier otra parte —replicó con terquedad—. Y tengo toda la intención de quedarme.

Apretó la mandíbula al terminar la frase y su rostro reflejó una enojada determinación que no había visto antes. Parecía como si estuviera luchando contra algo, desafiándolo. Se levantó bruscamente del banco donde estaba sentada, en una recogida hondonada cerca de una rocosa grieta en la que un molino de aceite en ruinas se pudría al borde de una cascada, y comenzó a andar de un lado a otro muy deprisa mientras murmuraba entre dientes con el ceño fruncido.

—¡Me quedaré! ¡Me quedaré! —la oí repetir mientras pasaba junto a mí.

Después de aquella mañana miserable (miserable en mitad de un clima y un paisaje donde el mero hecho de existir debería ser motivo de felicidad), tuve muchas conversaciones con el capitán Holbrook, quien acudía a la villa cada día y era el más maravilloso y devoto de los pretendientes. De él aprendí todo lo que había que saber de la casa en la que estaba viviendo. Se había tomado infinitas molestias para descubrir una causa, en la casa o en el vecindario, que pudiera explicar la lamentable transformación de Lota, pero con escasos resultados. A pesar de que Orange Grove no estaba asociada a ninguna leyenda sobrenatural, tras ser interrogado inquisitivamente, un viejo médico italiano que había vivido toda su vida en Taggia y que había conocido a Ruffini, confesó que existía algo, un misterioso algo sobre la villa, que parecía afectar a todo aquel que viviera allí, como dueño o señor, desde los tiempos del residente más anciano.

—Las personas no son felices allí. No —dijo el médico—, no lo son y, a veces, se marchitan y mueren.

—¿Inválidos que vienen al sur a morir?

—No siempre. El abuelo de la *signorina* era un hombre anciano pero aparentaba tener una salud robusta cuando llegó. Sin embargo, un repentino episodio no es en absoluto extraordinario a esa edad. Pero ha habido anteriores ejemplos de deterioro y muerte mucho más espantosos y, en alguna manera, misteriosos. Lamento que esa hermosa joven haya gastado tanto dinero en la villa.

—El dinero no importaría si tan solo ella se fuera a otro lugar.

Pero ella no lo haría. Esa era la dificultad. Ningún argumento de su amado podía disuadirla. Se iría en abril, le dijo, que era la estación propicia para partir y ni sus persuasiones ni sus urgentes súplicas la inducirían a marcharse ni una semana ni un día antes de lo que su médico ordenaba. «Me odiaría a mí misma si fuera tan débil como para huir de este lugar», le había dicho. Aquellas palabras me parecieron la clave para entender su conducta, ella prefería convertirse en una mártir antes que sucumbir ante aquel horror que la acosaba y que estaba acabando con ella.

Su matrimonio había sido fijado para el siguiente junio y George ejercía con fortaleza los derechos de un futuro marido. Sin embargo, aunque pudiera ser sumisa en cualquier otro aspecto, en este punto era tenaz, y los fervientes ruegos de su amado no la convencieron más que las lastimeras súplicas de su tía.

Comencé a comprender que era un caso perdido, en tanto que el bienestar de Lota dependiera de un rápido abandono de Orange Grove. Tan solo podíamos esperar con todo nuestro optimismo a que llegara abril y el día que ella había fijado para su partida. Le confié mis miedos al médico inglés en cuanto tuve ocasión, pero a pesar de lo inteligente y amigable que era, se burló abiertamente de cualquier idea sobre la existencia de influencias ocultas:

—Desde el momento en que el ingeniero sanitario, un verdadero hombre de ciencia, certificó que esta era una casa saludable se dijo la última palabra sobre su idoneidad para la señorita Hammond. Su localización es perfecta y el clima es todo lo que uno pudiera desear. Sería un disparate moverla hasta que la primavera haya avanzado lo suficiente como para que acuda a Varese o a Inglaterra.

¿Qué podía yo decir en contra de este veredicto nacido de la experiencia? Lota no era uno de esos casos interesantes y rentables que los doctores gustan de tener vigilados. Como paciente, su médico solo la visitaba de vez en cuando, aunque era habitual que visitara la villa como amigo y le había presentado personas agradables a Lota.

Insistí y le pregunté sobre las habitaciones de la parte trasera de la casa, las antiguas habitaciones de los monjes que habían servido como hospital en los siglos XVII y XVIII.

—Lo más seguro es que esas habitaciones sean húmedas y frías, ¿no cree? —inquirí.

—Húmedas, no; frías, sí. Todas las habitaciones orientadas al norte son frías en la Riviera y el cambio de sur a norte es peligroso, pero como nadie da uso a las estancias de los monjes, sus características no suponen una gran diferencia.

—¿La señorita Hammond no usa esas habitaciones de vez en cuando?

—Nunca, por lo que tengo entendido. De hecho, creo que la señorita Elderson mantiene cerrado con llave el pasillo que conduce a esa parte de la casa y que ella misma está en posesión de la mencionada llave. Entiendo que la buena señora opina que si esas habitaciones están embrujadas, es su labor mantener a los fantasmas encerrados y a su cuidado, tal y como hace con los alimentos.

—¿Nadie ha usado esos cuartos desde que la nueva villa fue construida?

—El señor Hammond los usaba y estaba bastante apegado a esa parte de la casa. Su biblioteca todavía se encuentra allí. Creo que es lo que en alguna ocasión fue el refectorio.

—Me encantaría verla.

—Solo tiene que preguntar a la señorita Elderson.

Y a la señorita Elderson se lo pregunté, cuando ni una hora había pasado, en el primer momento en que estuvimos a solas. Ella se ruborizó y vaciló. Me aseguró que aquellas estancias no contenían nada que mereciera la pena mirar y terminó confesando que no tenía la llave a mano en esos momentos.

—No la he perdido —replicó—. Simplemente no recuerdo dónde la dejé. Estoy segura de que aparecerá cuando esté buscando alguna otra cosa. La guardé en un lugar seguro.

Los lugares seguros de la señorita Elderson habían sido objeto de bromas recurrentes entre nosotras desde el momento en que conocí a Lota y a su tía, así que me temía que nunca iba a poder ver esas misteriosas habitaciones donde habían vivido los monjes. Aun así, después de meditar sobre la cuestión mientras paseaba por la colina al lado de la villa, llegué a la conclusión de que Lota seguramente sabía más sobre esa llave que la pobre alma que la había extraviado. Había ciertas horas del día durante las que mi amiga desaparecía de nuestro círculo familiar, horas en las que se suponía que estaba descansando dentro de la mosquitera en su propio cuarto; yo había llamado a la puerta una o dos veces durante ese período de supuesto descanso, pero sin recibir respuesta alguna. Al intentar abrir la puerta con suavidad la había encontrado cerrada con llave, y me había alejado creyendo que mi amiga estaba sin duda durmiendo. Pero ahora me empezaba a preguntar si Lota no tendría en su poder la llave de esas estancias inhabitadas y si, por algún extraño y caprichoso motivo, pasaría esas horas solitarias entre sus muros. Investigué la parte trasera de la villa a la mañana siguiente, antes del temprano desayuno que nosotras, las tres solteronas, tomábamos habitualmente en el porche en las mañanas cálidas y soleadas, y la mayoría de las mañanas eran cálidas y soleadas. Encontré los enormes postigos firmemente cerrados por dentro lo que no permitía ni siquiera vislumbrar el interior de las habitaciones. Las ventanas miraban directamente a la pendiente de la colina y aquellos cuartos orientados al norte debían ser oscuros y fríos en el mejor de los casos. Mi curiosidad estaba desconcertada. Incluso si hubiera estado dispuesta a intentar forzar mi entrada, no había la más mínima posibilidad de abrir esos postigos tan robustos. Tiré de los cierres con violencia pero no dejé más marca que la que hubiera dejado una mosca.

Capítulo IV
Afuera brilla el sol, pero hay hielo en el interior

Durante los siguientes cuatro días vigilé los movimientos de Lota.

Después de nuestra caminata mañanera (ella se encontraba demasiado débil como para ir más allá de los caminos pavimentados cercanos a la villa, y nuestro paso era muy lento), mi pobre amiga se retiraba a su habitación para lo que ella llamaba «su descanso de la tarde» mientras el carruaje, que rara vez usaba, nos llevaba a su tía y a mí a dar un paseo; nuestros ánimos estaban tan decaídos que hacían el pasatiempo terriblemente sombrío. En vano se desplegaba ante mis ojos el encantador paisaje porque yo era incapaz de disfrutarlo. Entre aquella romántica campiña y yo se colaba la imagen del deterioro de mi amiga, cuya vida se desvanecía poco a poco y quien, de hecho, estaba obstinada en morir.

Interrogué a la doncella de Lota sobre esas largas tardes que su señora pasaba en la penumbra de su habitación y las respuestas de la joven confirmaron mis sospechas: a la señorita Hammond no le gustaba que la molestaran; su sueño era muy profundo.

—Acudo a ella a las cuatro cada tarde para arreglarle el pelo y ayudarla a vestirse para el té. Lo habitual es que esté dormida cuando llego.

—¿Y la puerta está cerrada con llave?

—No, casi nunca está cerrada con llave a las cuatro. Una vez fui una hora antes con un telegrama y entonces sí que lo estaba y la señorita Hammond estaba tan profundamente dormida que no me oyó llamar. Tuve que esperar a la hora habitual.

En el cuarto día después de mi inspección de las persianas emprendimos nuestro paseo diario en carruaje a la hora acostumbrada, pero cuando habíamos bajado media colina, pretendí recordar una importante carta que debía escribir y le pedí a la señorita Elderson que detuviera el carruaje para poder regresar a la villa, mientras me deshacía en disculpas por mi deserción de esa tarde. La pobre señora, que estaba tan desanimada como yo, declaró con tristeza que me echaría de menos, y el carruaje prosiguió su camino al tiempo que yo trepaba colina arriba por aquellos empinados y rectos caminos que acortaban el trayecto a un paseo de cinco minutos.

El silencio de la villa cuando entré con cuidado a través de la puerta abierta del vestíbulo, sugería que era el momento de la siesta. Había un toldo frente a la puerta por lo que el recibidor estaba envuelto en sombras y el pasillo más allá era incluso más oscuro. Al final de este pasillo distinguí una solitaria y pálida figura gris, era la pálida cachemira de la India del inmaculado vestido que Lota llevaba por las mañanas. Oí el giro de una llave en una cerradura, luego el crujido de una pesada puerta y la oscuridad se tragó a la desvaída figura.

Aguardé un momento antes de avanzar con sigilo por el pasillo. La puerta estaba medio abierta así que miré dentro de la habitación. Se hallaba vacía, pero una puerta abierta enfrente de la chimenea me llevó hasta otra habitación, una estancia forrada de estanterías en la que pude oír los pasos de mi amiga que andaban con lentitud de un lado a otro, muy despacio, con aquella débil pisada que yo conocía demasiado bien. Al momento, ella se giró con la mano sobre su frente como si hubiera recordado algo y se apresuró hacia la puerta en la que yo me encontraba.

—¡Lota, soy yo! —exclamé mientras ella se acercaba para que no se sobresaltara ante mi inesperada presencia. Había sido lo suficientemente mezquina como para seguirla sin decir nada, pero no podía serlo como para esconderme de su vista.

—¡Estás aquí! —prorrumpió.

Le expliqué cómo había sospechado de sus visitas a aquellas desiertas y lóbregas estancias y cómo temía el terrible efecto que con necesidad iban a ejercer sobre su mente y su salud.

—¿Crees que son lóbregas? —preguntó con una curiosa risita—. Yo creo que son encantadoras. Son las únicas habitaciones en toda la casa que me interesan. Y a mi abuelo le sucedía lo mismo. Él pasó sus últimos días en estos viejos y extraños cuartos, rodeado de estos viejos y extraños objetos.

Su mirada vagó furtiva por las pesadas y antiguas estanterías, por los armarios blancos y negros y por los deprimentes tapices italianos hasta un espejo veneciano que colgaba en un estrecho recoveco al fondo de la habitación. Era un espejo que ocupaba todo el espacio, desde el techo hasta el suelo, con un florido marco tallado cuyo baño de oro había casi desaparecido. Sus ojos se detuvieron en este espejo, el cual me parecía, a pesar de mi inexperiencia en esos temas, como el objeto más antiguo de todo el mobiliario de la habitación. Su superficie estaba tan deslustrada y sucia que, aunque Lota y yo estábamos a una corta distancia frente a él, no podía distinguir nuestro reflejo ni el de la habitación.

—Ese viejo y peculiar espejo no puede halagar mucho tu vanidad —comenté, tratando de sonar vivaz y despreocupada mientras observaba su tísico y demacrado semblante y sus demasiado brillantes ojos.

—No, no lo hace, pero me gusta —dijo mientras se acercaba un poco al espejo. Entonces, de repente, corrió una oscura cortina de terciopelo que colgaba en ese estrecho recoveco entre dos estanterías. No me había percatado de la cortina hasta el momento en que ella la tocó porque esa parte de la alargada habitación se encontraba entre sombras. Los pesados postigos que yo había visto desde el exterior estaban cerrados sobre dos ventanas, pero los de una tercera estaban abiertos dejando entrar el suave y silencioso aire.

Había un sofá frente a ese espacio ahora oculto tras la cortina. Lota se hundió en él con los brazos cruzados y me miró con una sonrisa desafiante.

—Y bien, ¿qué opinas de mi guarida? —preguntó.

—Creo que no podrías haber escogido una peor.

—Y, sin embargo, mi abuelo prefería estas habitaciones a cualquier otra del resto de la casa. Prácticamente vivía en ellas. Me lo dijo su antiguo criado.

—Un capricho de la vejez que, sin duda, perjudicó su salud.

—Eso es lo que la gente ha elegido decir porque él murió antes de lo que esperaban. Su muerte vino a la hora señalada. El día y la hora estaban escritos en el Libro del Destino antes de que él viniera aquí. La casa no tuvo nada que ver con eso; y solo en esta tranquila habitación tuvo tiempo de pensar en lo que se avecinaba.

—Él era anciano y ya había vivido su vida. Tú eres joven y tienes toda la tuya por delante.

—¡Toda! —repitió con una carcajada que me heló el corazón.

Traté de ser práctica, alegre, objetiva. La urgí para que abandonara aquella sombría y mal ventilada biblioteca con sus viejos y resecos libros y su orientación norte. Le dije que era culpable de un indigno engaño al pasar largas horas en habitaciones que le habían prohibido expresamente. Ella interrumpió mis súplicas de manera abrupta.

—Solo estás diciendo tonterías, Helen. Sabes que estoy condenada a morir antes de que acabe el verano. Sé que lo sabes.

—Estabas bien cuando viniste aquí; has ido empeorando día a día.

—Mi buena salud era solo aparente. Las semillas de la enfermedad estaban aquí —dijo mientras se tocaba su contraído pecho—. Lo único que han hecho es desarrollarse. No me hables, Helen; pasaré tranquila mis últimas horas en estas habitaciones, como mi pobre y querido abuelo. Ya no hay necesidad de que me oculte o lo mantenga en secreto. Esta es mi casa y ocuparé las habitaciones que me plazcan.

Se levantó del sofá con arrogancia, pero su pobre intento de dignidad fue arruinado por un ataque de tos que hizo que tuviera que apoyarse en mí. La tumbé de nuevo sobre el sofá con delicadeza y la oscuridad nos cubrió mientras ella yacía allí, exhausta. Aquella tarde en la penumbra de la inclinada pendiente fue la primera de muchas tardes similares.

Desde ese día, Lota me permitió que compartiera su soledad siempre y cuando no perturbara su ensimismamiento, sus largos silencios o sus breves momentos de sueño. Me sentaba al lado de la ventana abierta y trabajaba o leía mientras ella permanecía sentada en el sofá o se movía con suavidad por la habitación observando los libros de las estanterías o se paraba, a menudo, delante del oscuro espejo veneciano para contemplar su propio reflejo ensombrecido.

En aquellos días yo no hacía más que preguntarme qué placer o interés podía encontrar en inspeccionar aquella borrosa sombra de su desvanecida belleza. ¿Era con amargura con la que miraba a su alterada forma, a sus marchitos rasgos? ¿O lo hacía solo con maravillada filosofía, tal y como la sintió Marlborough[3] cuando señaló su demacrada figura en el espejo, los míseros restos de una hombría sin igual, y exclamó: «¡Eso fue una vez un hombre!»? No tenía poder alguno para sacarla de aquella melancólica soledad, pero estaba agradecida por tener el privilegio de poder estar con ella, y ser capaz de consolarla en aquellos momentos de miseria física.

El capitán Holbrook se fue a los pocos días de mi descubrimiento; su permiso prácticamente había expirado por lo que apenas tuvo tiempo de regresar a Portsmouth donde su regimiento estaba ya estacionado. Partió con tristeza y lleno de temor, y me dedicó unas anhelantes

[3] Se refiere a John Churchill, el primer duque de Marlborough (1650-1722), quien dijo, a la vista de un cuadro pintado por *sir* Godfrey Kneller cuando estaba en su plenitud: «That was once a man». Se distinguió como general en la Guerra de Sucesión Española. La célebre canción popular «Mambrú se fue a la guerra» procede de una deformación de la fonética de su apellido.

últimas palabras en la pequeña estación a la orilla del mar: «Haga todo lo posible para traerla a casa tan pronto como el doctor autorice su regreso», me dijo. «Me marcho con un gran peso en el corazón pero no podría ser de gran ayuda si me quedara. Contaré todas las horas restantes entre ahora y abril. Ella ha prometido que se quedará en Southsea hasta que nos casemos para que podamos estar cerca el uno del otro. Pretendo encontrar una hermosa villa para ella y su tía. Será algo que me mantendrá ocupado».

Mi corazón sufría por él y por sus vanas esperanzas, contento de tener cualquier pequeña ocupación que estableciera un vínculo entre él y su amada. Yo sabía que amaba su profesión, y también sabía que se había ofrecido a abandonar el Ejército si ese era el deseo de Lota, ya que prefería alterar todo su plan de vida si la alternativa era estar separado de ella, aunque fuera por unas semanas. Ella le había prohibido semejante sacrificio y se había negado en rotundo a adelantar la fecha de la boda y casarse con él en San Remo, tal y como el capitán Holbrook le había rogado. De esa manera podría haberla llevado de vuelta a Inglaterra y haberla establecido en Ventnor, donde él creía que estaría mucho mejor que en cualquier paraíso italiano.

Él se fue, y yo me sentía miserablemente desamparada y sola sin su presencia. Sola incluso en compañía de Lota, porque entre ella y yo había sombras y misterios que llenaban de terror mi corazón. Mientras permanecía sentada con ella en la misma habitación, ahora que aceptaba que fuera su constante compañía, sentía que había secretos en su vida de los cuales yo no sabía nada. Su elocuente rostro contaba una triste historia que yo no era capaz de leer y a veces me parecía que entre nosotras había una tercera presencia, y que su nombre era Muerte.

Lota me dejaba compartir sus tranquilas tardes en las viejas habitaciones y, aunque su ocupación de esas estancias ya no era ningún secreto para los criados de la casa, ella mantenía el privilegio de su soledad con cuidadoso celo. Su tía todavía creía que dormía la siesta entre la comida y la cena y continuaba dando sus paseos en carruaje. Lo hacía con una plácida sumisión a los deseos de Lota quien aducía que alguien debía usar el carruaje y los caballos. La pobre criatura era igual de infeliz que yo y se preocupaba por Lota de igual manera, pero su débil espíritu no tenía el poder de luchar contra la fuerte voluntad de su sobrina; entre estas dos, la joven siempre había dominado a la mayor.

Después de la marcha del capitán Holbrook, el médico pareció tomarse más en serio el estado de su paciente y pronto percibí un cambio en la manera de interrogarla mientras que el estetoscopio empezó a hacer su aparición de manera habitual. Las informales visitas semanales se convirtieron en visitas diarias, y ante mis ansiosas preguntas se me contestó que el caso había adquirido una nueva gravedad.

—Ahora tenemos algo contra lo que luchar —dijo el médico—. Hasta ahora solo habíamos lidiado con nervios e imaginaciones.

—¿Y ahora?

—Los pulmones están afectados.

Este fue el comienzo de una nueva tristeza. En lugar de vagos temores ahora teníamos la certidumbre del mal y creo que, en los terribles días y semanas que siguieron, la pobre y vieja tía y yo no tuvimos otro pensamiento, deseo o miedo que no estuviera centrado en la bella y joven criatura cuya vida se estaba desvaneciendo ante nuestros ojos. Trajimos a dos enfermeras inglesas desde Cannes ya que necesitábamos a alguien cualificado para cuidar de ella, pero en los pequeños servicios en los que el amor bastaba, la señorita Elderson y yo éramos las esclavas más fieles de Lota.

Le conté al doctor de las tardes pasadas en la biblioteca de su abuelo, y también de mis dudas acerca de mi poder, o incluso del suyo, para persuadirla de que abandonara esa estancia:

—Está apegada a ella, y ya sabe lo difícil que es luchar contra ese tipo de caprichos cuando alguien está delicado de salud.

—Es un hecho curioso —contestó el médico— que en cada caso desfavorable que he atendido en esta casa, mi paciente haya tenido una obstinada preferencia por esa apagada y fría habitación.

—Cuando habla de cada caso desfavorable creo que debería referirse a cada caso mortal.

—Sí. Desgraciadamente los tres o cuatro casos en los que estoy pensando terminaron de la peor de las formas, pero ese es un hecho que no necesita causarle infelicidad. Las personas ancianas y débiles acuden a esta costa del sur para intentar retorcer el frágil hilo de vida que les queda y que ya estaba en un punto crítico cuando abandonaron Inglaterra. En el caso de su joven amiga, la luz del sol y el clima templado podrían hacer mucho; ella debería residir en la parte soleada de la casa. Aun así, se le puede consentir su apego por la biblioteca de su abuelo. Que pase las tardes en esa habitación, la cual se puede calentar y hacer confortable antes de que ella la ocupe. La habitación está bien construida y es seca. Cuando los postigos estén cerrados, las cortinas corridas y la temperatura cuidadosamente regulada, puede ser una habitación tan buena como cualquier otra en las horas de la tarde. Pero durante el día, la paciente debe estar expuesta todo lo posible a la luz del sol.

Le repetí este pequeño discurso a Lota, quien prometió obedecerlo.

—Me gusta esa vieja y peculiar habitación —repuso—, y, Helen, no creas que pretendo importunarte si te digo que me gustaría pasar tiempo a solas allí en alguna ocasión, como solía hacer antes de que me descubrieras. La vida en sociedad es agradable para las personas que tienen buena salud para disfrutarla, pero yo no me siento capaz de sobrellevarla; ni siquiera tu compañía o la de mi tía. Sí, ya sé lo que me vas a decir, que tú te sientas allí como un ratón y no hablas a no ser que te dirija la palabra. Pero el mero conocimiento de que estás ahí, observándome y pensando en mí, me angustia. Y en lo que respecta a mi tía... sus constantes e inquietos movimientos y su afán por colocarme bien el reposapiés o por ahuecar mis almohadas o por pasarme las páginas de los libros siempre me hace sentir incómoda en la más amable de las maneras, pobre alma. De hecho, no me importa confesar que me pone de los nervios y a veces me hace querer gritar. Déjame tener una hora o dos de perfecta soledad de vez en cuando, Helen. La enfermera no cuenta, puede sentarse en un rincón y así tendrás la tranquilidad de que no me voy a morir de repente sin nadie que observe mi pequeña tragedia.

Había hablado durante más rato y con más seriedad que de costumbre y el discurso terminó en un ataque de tos que sacudió su demacrada figura. Le prometí que todo sería como ella deseaba. Si la soledad le proporcionaba más descanso que nuestra silenciosa compañía, entonces debería estar sola de vez en cuando. Respondería por su tía y por mí misma.

Las enfermeras eran dos jóvenes alegres y capaces que estaban acostumbradas a los caprichos de los enfermos. Les dije exactamente cuál era el requerimiento: una silenciosa y discreta presencia, y una cuidadosa vigilancia de la comodidad de la paciente día y noche. A partir de ese momento, Lota pasó la mayor parte de sus tardes en soledad. Tenía sus libros y su cuaderno de dibujo, en el cual, con una mano débil y ligera, solía esbozar vagos recuerdos de los lugares que más nos habían embelesado durante nuestros paseos. Tenía su papelera llena de pedazos de papel con garabatos y comienzos de cosas que no tendrían final.

—No lee durante mucho rato y no dibuja más de diez minutos seguidos —me dijo la enfermera—. Pasa adormecida la mayor parte de la tarde o pasea de un lado a otro de la habitación. A veces se levanta para mirarse en ese viejo y deprimente espejo. Es extraño que le guste tanto mirarse en el espejo, pobre criatura, ya que no puede no ser consciente del cambio ejercido en ella.

—No. No, ella debe de verlo y le está rompiendo el corazón. Desearía que pudiéramos deshacernos de todos los espejos de la casa —repliqué recordando lo hermosa que había sido en el fresco florecer de su juventud tan solo seis meses atrás.

—Le gusta mucho revisar los papeles de su abuelo —repuso la enfermera—. Suelo verla leer un libro a menudo. Un libro manuscrito.

—Su diario, quizá —contesté.

—Puede que sea eso, pero es extraño que lea con tanto detenimiento el diario de un anciano caballero.

Extraño, sí; pero todos sus gustos y aficiones eran extraños desde que yo había puesto un pie en aquella desafortunada casa. En los pensamientos que dedicaba a su amado no era como otras muchachas. Se enfadó en gran medida cuando sugerí que tal vez deberíamos hablarle al capitán Holbrook sobre su enfermedad porque a lo mejor él podría ausentarse para acudir a su lado, aunque solo fuera durante unos pocos días.

—No, no. No dejaré que vuelva a posar sus ojos sobre mi rostro nunca más —anunció—. Bastante malo es que me recuerde como estaba cuando nos separamos en la estación. Ahora es mucho peor y lo será aún más. ¡Oh, Helen! ¡Pensar en lo que al fin está por venir!

Escondió el rostro entre sus manos y su frágil figura se convulsionó con la vehemencia de sus sollozos. Pasó largo tiempo antes de que pudiera calmarla y este violento arrebato de dolor resultó todavía más terrible debido a la forzada alegría que solía exhibir.

Capítulo V
«No quieras saber»

En la villa llevábamos un horario temprano: cenábamos a las siete y a las ocho, Lota se retiraba a la habitación que gustaba de llamar su guarida. A las diez había una procesión de inválida, enfermera, tía y amiga hasta el dormitorio de Lota, donde la enfermera de noche vestida con su pulcro uniforme y su bonito gorro blanco esperaba para recibirla. Había muchos besos y muchos dulces «buenas noches» y una gran exhibición de alegría por todos los frentes, y entonces la señorita Elderson y yo nos retirábamos con lentitud a nuestras habitaciones mientras intercambiábamos algunas tristes palabras y algunos compasivos suspiros, y llorábamos hasta quedarnos dormidas para despertar por la mañana con la sensación de que la fatalidad pendía sobre nuestras cabezas.

Solía inmiscuirme en la soledad de Lota un poco antes de su hora de acostarse, en ocasiones con su tía y en ocasiones sola. Ella levantaba la mirada de su libro sorprendida, o se despertaba con un respingo: «¿Ya es hora de acostarse?», me preguntaba.

A veces, cuando la encontraba dormida, me sentaba al lado de su sofá y esperaba en silencio a que se despertara. Qué pintoresca y suntuosa resultaba la vieja habitación a la luz de la resplandeciente chimenea, que iluminaba incluso los sombríos tapices y ensalzaba los jarrones de anémonas rojas y moradas y de otras flores sin aroma, al igual que la larga pared cubierta de libros y las cortinas de terciopelo de las ventanas y los relucientes suelos parduzcos. Era una habitación que yo también hubiera podido amar si no fuera por la sombra de terror que estaba suspendida sobre cada uno de los objetos de Orange Grove.

Una noche me encaminé hacia la biblioteca antes de lo habitual. El reloj todavía no había marcado las nueve cuando abandoné el salón. Había visto un empeoramiento en Lota durante la cena aunque ella había mantenido una fingida alegría y se había negado a ser tratada como si fuera una inválida. Había insistido en charlar mientras cenábamos, sin apenas tocar algunos platos y comiendo otros, los menos sanos, con voracidad. Se había echado a reír burlonamente del consejo del médico sobre su dieta. Soporté el intervalo entre las ocho y las nueve intentando sofocar mi ansiedad y consentí en jugar una partida de *bezique*[4] con la señorita Elderson, aunque jugué tan mal que ganó con facilidad. Como la gran mayoría de las personas mayores, su tristeza era de una naturaleza tranquila y moderada, y creo que se había resignado a lo inevitable. Me dijo que el atento doctor y las admirables enfermeras la habían tranquilizado sobre el estado de la querida Lota. Sentía que se estaba haciendo todo lo que el amor y los cuidados podían hacer y, por lo demás, bueno…, ella tenía sus servicios religiosos, sus oraciones y sus lecturas diarias, por la mañana

[4] El *bezique* o *bésigue* es un juego de cartas de origen francés del siglo XIX, de dos jugadores, del tipo combinación de naipes y toma de bazas. El juego es un derivado del Piquet; se juega con dos barajas de las que se eliminan los naipes 2, 3, 4, 5 y 6 de dos mazos, juntando los naipes restantes.

y por la tarde, de su gastado Nuevo Testamento. Creo que hasta era feliz. «Todos debemos morir, mi querida Helen», me dijo con voz lastimera.

Morir sí. Morir cuando uno ha alcanzado esa monótona etapa en el camino de la vida hacia donde esta pobre y vieja criatura se estaba arrastrando, pasados los desnudos campos y los arbustos sin flores; la etapa de los cabellos grises y las encías desdentadas, de la vista cansada y los problemas de oído, y de un intelecto anticuado y obstinado. ¡Pero morir como Lota, en el culmen de la juventud, con belleza, amor y riqueza a su disposición! ¡Depositar todo esto a los pies de una tumba! Aquello era demasiado duro, demasiado duro para mi entendimiento y mi paciencia.

La encontré dormida en el sofá junto al hogar. La enfermera estaba de guardia, sentada en silencio en su sillón mientras tejía la media que siempre estaba entre sus manos menos cuando atendía a la paciente. El sueño de esta noche era más profundo de lo habitual ya que la durmiente no sé movió cuando me acerqué y pude sentarme en una silla baja a los pies del sofá sin que se despertara.

Un libro se le había escurrido de las manos y yacía abierto sobre la aterciopelada manta. Las páginas llamaron mi atención porque estaban manuscritas y recordé lo que me había contado la enfermera sobre el apego de Lota por este volumen. Alargué la mano por encima de la manta y me apoderé del libro con tanta suavidad que la sensible figura no se percató de ello.

Era un libro manuscrito, de unas doscientas páginas, escrito en una pulcra y firme caligrafía, muy pequeña, pero fácil de leer ya que las letras estaban formadas de manera perfecta y las líneas espaciadas uniformemente.

Pasé las páginas con impaciencia. Era un diario, el diario de un hombre de negocios que registraba en palabras comunes las transacciones del día a día: la Bolsa, la Bolsa, ferrocarriles, minas, préstamos, bancos, dinero, dinero, dinero ganado o perdido. Aquello era todo lo que la cuidadosa caligrafía me transmitió mientras pasaba página tras página y recorría con mis ojos cada hoja.

La vida social del escritor estaba señalada en algunas breves oraciones: «Cena con los Parker: la cena repugnante, la compañía estúpida; conversé con Lendon quien ha amasado medio millón en cobre mexicano, un hombre aburrido», «Vine a Brighton para Pascua; la sopa de tortuga del barco estaba buena; me han dado mis antiguas habitaciones; le he pedido a Smith (el Smith de Suez, no el Smith de Turquía) que cenemos juntos».

¿Qué interés podía encontrar Lota en semejante diario, un prosaico y común registro de pérdidas y ganancias, rebosante de números? Esto era lo que me preguntaba mientras pasaba las páginas y tan solo veía la interminable repetición de apuntes financieros y los extraños nombres de préstamos, minas y ferrocarriles, con contracciones que los reducían a un mero código. Con lentitud, mi mano había pasado suavemente más de las tres cuartas partes del libro cuando me topé con el encabezado: «Orange Grove», y las concisas notas del hombre de negocios dieron paso a las detalladas ideas y experiencias de un hombre ocioso, un exiliado de los paisajes familiares y las caras habituales, en una conversación consigo mismo para su entretenimiento en horas solitarias.

Aquí era sin duda donde el interés de Lota en el libro había comenzado, y aquí yo también comencé a leer cada palabra del diario con más atención. No me paré a pensar en si tenía derecho a leer las páginas que un hombre difunto había escrito en su retiro, o si la licencia que se había tomado su nieta se extendía también a mí. Mi único pensamiento era descubrir la razón del interés de Lota por el libro y si su influencia sobre su mente y su espíritu era tan dañina como me temía.

Me deslicé desde la silla hasta la alfombra al lado del sofá y allí, sentada en el suelo, con la luz de la desgastada lamparita de lectura cayendo sobre el libro, me olvidé de todo menos de las páginas que tenía delante de mí.

Las primeras hojas, después de que el anciano se hubiera instalado en la villa, rebosaban alborozo. Describía esta tierra del sur, tan nueva en su estrecha experiencia, como un paraíso en la tierra. Era casi tan sentimental en su entusiasmo como una muchacha, y si no fuera por el anticuado estilo en el que estaban plasmados sus embelesos, las páginas bien podían haber sido escritas por una pluma más joven.

Estaba particularmente interesado en las viejas estancias de los monjes de la parte trasera de la villa, pero era muy consciente del peligro que suponía ocuparlas. «He colocado mis libros en la habitación alargada que era usada como refectorio», escribía, «pero como ahora rara vez los consulto, no hay temor de que me sienta tentado de pasar más de una hora esporádica en la habitación».

Después, tras un intervalo de casi un mes:

«He ordenado mis libros ya que encuentro la biblioteca, la habitación más interesante de la casa. Mi médico objeta a su sombrío aspecto, pero a mí me parece que hay una agradable melancolía en la sombra que proyecta la empinada colina cubierta de olivos. Empiezo a pensar que esta vida retirada, con ninguna compañía más que la de mis libros, se ajusta mejor a mí que la de amasar fortuna, la cual ha ocupado una porción tan grande de mis últimos años».

Seguían unas páginas con críticas a los libros que leía (historia, viajes, poesía), libros que había coleccionado durante años pero que solo ahora había comenzado a disfrutar. «Veo delante de mí una vejez dedicada al estudio», continuaba, «y espero vivir tanto como lo hizo el presidente de mi antigua facultad, Martin Routh. He ganado dinero más que suficiente como para sentirme satisfecho, y también para proveer de bastante riqueza a la querida niña que heredará la mayor parte de mi fortuna. Me puedo permitir cruzarme de brazos y disfrutar de los largos y tranquilos años de la vejez en la compañía del espíritu de los maestros que se fueron antes que yo. Qué cercanos, qué vívidos parecen mientras me impregno de sus pensamientos, mientras sueño sus sueños ¡y veo la vida tal y como lo hicieron ellos! Virgilio, Dante, Chaucer, Shakespeare, Milton y todas aquellas luces tardías que han iluminado las vidas más apagadas y las han hecho hermosas; veo cómo ellos viven en nosotros y llenan nuestros pensamientos y conforman la parte más brillante de nuestra existencia diaria».

Leí muchas páginas de comentarios y ensoñaciones en la clara y nítida caligrafía de un hombre que escribía para su propio placer junto al fuego en una reposada soledad.

De repente sobrevino un cambio, la sombra de la nube que pendía sobre esta casa:

«Vivo en extrema soledad. No pensé estar hecho del material que es objeto de delirios e imaginaciones, pero estaba equivocado. Supongo que ningún hombre puede retener su fortaleza sin la fricción que supone su relación con las mentes de otros de su mismo calibre. He estado viviendo aislado con las mentes de los muertos y con criados extranjeros con quienes apenas intercambio media docena de frases al día. Y el resultado es el mismo que cualquier médico del cerebro hubiera predicho.

»He comenzado a ver fantasmas.

»La cosa que he vislumbrado es de forma tan obvia una emanación de mi propia mente, una materialización de mi propio subconsciente que rumia sobre mí y mis oportunidades de vivir una larga vida, que es una debilidad siquiera registrar la aparición que me ha acosado durante las últimas tardes. Ninguna sombra de un monje moribundo se ha interpuesto entre la luz de la lámpara y yo, ninguna presencia de años pasados revisitando conocidos lugares. Lo que he visto es a mí mismo, no yo como soy, sino como seré en los años venideros, sean muchos o pocos.

»Esta visión, meramente autoinducida como bien sé, ha provocado de todas formas una conmoción sobre la placentera tranquilidad de mi mente, y sobre las grandes esperanzas que he venido albergando, a pesar de la advertencia venusina[5]. Ayer, durante el crepúsculo, levanté la mirada de mi libro, y la posé de manera casual en el antiguo espejo veneciano que está enfrente de mi escritorio y, gradualmente, abriéndose paso sobre la borrosa superficie, vi una cara que me observaba.

»Era mi propio rostro tal y como sería después del desgaste de una enfermedad, o tras el deterioro del paso de los años, un rostro por lo menos diez años mayor del que había visto en mi espejo unas pocas horas antes: mejillas hundidas, ojeroso, el labio inferior colgando débilmente; una figura encorvada en una silla de ruedas, la imagen de la completa indefensión. Y era yo. Sobre ese hecho no me cupo ningún atisbo de duda.

»Quizá esa transformación de la imaginación en visiones era hipocondría, un aspecto común de la dolencia. Y aún y todo, era extraño, ya que no me había perturbado aprensión alguna por enfermar o por envejecer de manera prematura. Nunca había siquiera pensado en mí como en un anciano. En la orgullosa estirpe de una larga inmunidad a las enfermedades, me había considerado exento de los achaques que acompañan al paso de los años. Me había imaginado a mí mismo viviendo hasta el último extremo de la vida humana para caer pacíficamente en la tumba como un hombre centenario.

»Estaba enfadado conmigo mismo por haberme dejado afectar por aquella visión, así que cerré la puerta de la biblioteca con llave cuando fui a vestirme para la cena

[5] El símbolo de Venus encarna a la feminidad, y en la alquimia occidental representa el cobre de metal. Desde la Antigüedad, el cobre pulido ha sido usado como espejo, y a veces se entiende que el símbolo de Venus representa al espejo de la diosa.

con la determinación de no volver a entrar en aquella habitación hasta que hubiera hecho algo como ejercicio, o alguna actividad al aire libre para restaurar el equilibrio de mi mente. Y, sin embargo, después de la cena me atrapó un deseo febril de saber si el espejo me mostraría de nuevo la misma figura y el mismo rostro, así que le entregué las llaves a mi mayordomo y le ordené que encendiera las lámparas y prendiera la chimenea de la biblioteca.

»Sí, aquella cosa habitaba en el emborronado y turbio espejo. La oscura superficie, que era demasiado opaca como para reflejar las realidades de la vida, devolvía una visión de vejez y decrepitud con una fidelidad inalterable. El rostro y la figura aparecían y desaparecían y, a menudo, el espejo se tornaba negro, pero siempre que reaparecía, la cosa era la misma en cada terrible detalle, en todos y cada uno de los signos de senectud y deterioro. "Así seré en veinte años", me decía a mí mismo. "Un hombre de ochenta años bien puede tener ese aspecto".

»Aun así, había esperado poder escapar a ese amargo deterioro gradual que había observado y compadecido en otros hombres. Me había hecho la promesa de que la recompensa a una vida moderada, a una vida exenta de los incontenibles fuegos de la disipación y de todas las tempestuosas pasiones, sería una vigorosa y prolongada vejez. De la misma manera que había trabajado duro para amasar mi fortuna, me había esforzado también por asegurarme largos años de salud y actividad, una vida prolongada hasta su máxima extensión».

Había una interrupción de diez días en el diario y cuando el registro se reanudó, el cambio producido en la escritura me conmocionó. La ordenada y firme caligrafía dio paso a caracteres sueltos y endebles, y de no ser por marcadas peculiaridades en la formación de ciertas letras, la hubiera considerado la escritura de un extraño:

«La cosa siempre está ahí, escondida en la abismal negrura de ese condenado espejo, y malgasto la mayor parte de mi vida buscándola. He luchado en vano contra la amarga curiosidad de saber qué es lo peor que esa visión de futuro puede mostrarme. Hace tres días arrojé la llave de esta detestable habitación al fondo del pozo más profundo de la propiedad, pero una hora más tarde mandé buscar un herrero a Taggia para que forzara la cerradura y ordené una nueva llave y un duplicado para evitar sufrir en agonía si en un futuro arrebato me deshacía de esta segunda llave.

»*Tu ne quaesieris, scire nefas*[6]...

»En vano la advertencia del poeta resuena en mi enojado oído, repitiéndose eternamente como el golpeteo de un latido en mi cerebro o como el tictac de un reloj que no deja dormir a un hombre.

»*Scire nefas, scire nefas.*

»El deseo de saber más no es más extraño que la razón.

»Bien, al menos estoy preparado para lo que está por venir. Ya no vivo en el paraíso de un loco. La cosa que veo a diario y a cada hora no es una alucinación ni una materialización de mi subconsciente como había pensado en

[6] En latín: «No quieras saber, porque no está permitido». Primera línea del poema Oda I, 11 de Horacio, en el cual aparece la conocida frase «Carpe diem».

un principio. Es una advertencia y una profecía. Que así sea. Pronto, pronto te asemejarás a esta forma que ahora te aterroriza contemplar.

»Desde la primera vez que mi propia sombra me observó desde las oscuras penumbras del espejo, he sentido todos los indicios de la fatalidad que se aproxima. El doctor intenta quitarle importancia a mis miedos, pero reconoce que estoy peor de lo esperado, habla de un deterioro de los nervios y me sugiere que me traslade a St. Moritz. Duda de que este sitio sea adecuado para mí y confiesa que he experimentado un cambio para peor desde que estoy aquí».

De nuevo un intervalo y después, una escritura apenas legible:

«Ha pasado un mes desde la última vez que escribí en este libro, un mes en el que se ha cumplido todo lo que el espejo veneciano me mostró cuando empecé a leer sus secretos.

»Soy un indefenso anciano, que tiene que ser llevado en una silla de ruedas. Mi agradable perspectiva de unos años largos y tranquilos se ha desvanecido, al igual que mi egoísta plan de regocijo y disfrute de las riquezas ganadas a lo largo de mi vida. La vieja fábula oriental se ha cumplido una vez más. Mi oro se ha convertido en flores marchitas ya que no puede comprarme ningún placer. Confío en que mi nieta pueda obtener algo bueno de la riqueza que tanto he luchado por conseguir».

Otra interrupción, más larga esta vez, y de nuevo la escritura mostraba signos de una debilidad creciente. Tuve que mirarla muy de cerca para poder descifrar las torcidas e inconexas líneas garabateadas sobre el papel.

«El tiempo es insufriblemente caluroso, pero estoy demasiado enfermo para moverme. En la biblioteca... habitación más fresca... el doctor no se opone. He visto la última imagen en el espejo... Muerte... corrupción... la caverna de Lázaro y ninguna mano redentora que levante a los muertos. ¡Terrible! ¡Terrible! Yo mismo como debo de ser... ¡pronto, pronto! ¡¿Cuándo?!»

Y entonces, encontré la fecha emborronada al final de la página: el 24 de junio de 1889.

Yo sabía que el señor Hammond había fallecido a principios de julio de ese mismo año.

Sentada en el suelo con mi cabeza inclinada sobre las páginas y leyendo más a la luz de los leños de la chimenea que de la lamparita de lectura, no me percaté de que Lota se había despertado y se había enderezado en el sofá. Yo todavía estaba absorta en mi estudio de aquellas últimas y terribles líneas cuando una pálida mano se posó de repente sobre el libro abierto y una risa que casi era un aullido recorrió el silencioso espacio a nuestro alrededor. La enfermera, con un sobresalto, corrió hacia su paciente, quien estaba intentando ponerse de pie y no dejaba de mirar con ferocidad el alargado y estrecho espejo colgado en el recoveco enfrente del sofá.

—¡Mira, mira! —chilló—. ¡Ha llegado! ¡La visión de la Muerte! ¡El espantoso rostro! ¡La mortaja! ¡El ataúd! ¡Mira, Helen, mira!

Mi mirada siguió la dirección de aquellos ojos salvajes y desconozco si mi excitado cerebro conjuró la imagen que me hizo horrorizar. Esto es lo único que sé: que en las profundidades de aquel oscuro espejo, tenue como una silueta vista a través de agua turbia, un rostro fantasmal, una amortajada figura me observaba…

«Parece que te veo difunto en el fondo de una tumba [7]».

Un repentino grito de la enfermera me llevó del horror de aquella visión a la inflexible realidad para ver cómo la vida y la sangre se escapaban de entre unos labios que yo había besado tantas veces con amor fraternal. Mi pobre amiga nunca volvió a hablar. Una severa hemorragia aceleró el inevitable final, y antes de que su desolado amante pudiera llegar para sostener su mano y mirar en sus debilitados ojos, Violeta Hammond falleció.

---

[7] *Romeo y Julieta* de William Shakespeare, acto III, escena 5ª.

La sombra en la esquina

La mansión de Wildheath Grange se erigía un tanto apartada del camino. Tenía un estéril páramo tras ella y, como único cobijo, unos pocos abetos esbeltos cuyas desnudas copas se mecían al viento. Era una casa solitaria en un solitario camino, poco más que un sendero, que cruzaba un desolado erial de campos arenosos hasta llegar a la costa; y tenía mala reputación entre los habitantes de la aldea de Holcroft, que era el lugar habitado más cercano.

Sin embargo, era una buena casa construida en los días en los que no se escatimaban ni la piedra ni la madera.

Una antigua y sólida casa de piedra gris con abundantes gabletes, vastos asientos bajo las ventanas y una ancha escalera. Poseía largos y oscuros pasillos, puertas ocultas en extrañas esquinas, armarios tan grandes como algunas habitaciones modernas y sótanos en los que bien podría ocultarse toda una compañía de soldados.

Esta espaciosa y vieja mansión estaba ocupada por ratas y ratones, soledad, ecos y tres personas de cierta edad: Michael Bascom, cuyos antepasados habían sido importantes terratenientes de la zona, y sus dos sirvientes, Daniel Skegg y su esposa, quienes habían servido al dueño de aquella sombría casa desde que aquel dejara la universidad, donde había vivido quince años de su vida, cinco como estudiante y diez como profesor de ciencias naturales.

A la edad de treinta y tres años, Michael Bascom había tenido el aspecto de un hombre de mediana edad, a los cincuenta y seis parecía, se movía y hablaba como un anciano. Durante ese intervalo de treinta y tres años había vivido solo en Wildheath Grange, y la gente de la zona murmuraba que era la casa la que lo había convertido en quien era. Sin duda, esta era una idea fantasiosa llena de superstición por parte de los lugareños y, aun así, no era difícil distinguir una afinidad entre el apagado edificio gris y el hombre que lo habitaba. Ambos parecían ajenos a las preocupaciones e intereses habituales de la humanidad; ambos tenían un aire de asentada melancolía generada por una perpetua soledad; ambos tenían un aspecto desvaído, el mismo aspecto de lenta decadencia.

A pesar de lo solitaria que era la vida de Michael Bascom en Wildheath Grange, él no hubiera alterado su cariz de ninguna de las maneras; había estado contento de cambiar el relativo aislamiento de sus habitaciones en la universidad por la intacta soledad de Wildheath. Era un fanático en su amor por la investigación científica y sus tranquilos días estaban llenos de tareas que casi nunca fallaban en interesarle o satisfacerle. Había períodos de depresión, ocasionales momentos de duda cuando la meta hacia la que se dirigía parecía inalcanzable y sus ánimos se desvanecían en su interior. Por fortuna, estos momentos eran escasos. Poseía un obstinado poder de persistencia que debería haberlo llevado a alcanzar las cotas más altas del éxito y que quizá, finalmente, le habría granjeado un gran nombre y un reconocimiento mundial. Sin embargo, una catástrofe había abrumado los últimos años de su inofensiva vida con un remordimiento insuperable.

Una mañana de otoño, cuando llevaba viviendo en Wildheath veintitrés años y hacía poco que había empezado a percibir que su fiel mayordomo y sirviente, quien había sido un hombre de mediana edad cuando lo contrató, estaba de hecho envejeciendo, las meditaciones matutinas del señor Bascom sobre el último tratado en teoría atómica fueron interrumpidas por una abrupta demanda del susodicho criado, Daniel Skegg. El hombre acostumbraba a esperar a su señor en el más absoluto silencio y su repentino discurso fue casi tan sorprendente como si el busto de Sócrates que reposaba en la librería hubiera de pronto comenzado a parlotear.

—No queda otro remedio —dijo Daniel—. ¡Mi mujer necesita una muchacha!

—¿Una qué? —preguntó el señor Bascom sin levantar la mirada de la línea que estaba leyendo.

—Una muchacha. Una chica que pueda ir de un sitio a otro y fregar y ayudar a mi pobre esposa. Tiene las piernas cada vez más débiles, pobrecilla. Ninguno de nosotros se ha vuelto más joven en los últimos veinte años.

—¡Veinte años! —repitió Michael Bascom con desdén— ¿Qué son veinte años en la formación de un estrato, en el crecimiento de un roble, en el enfriamiento de un volcán?

—Quizá no mucho, pero pesan sobre los huesos de un ser humano.

—Las manchas de manganeso que pueden verse sobre algunos cráneos indican ciertamente… —comenzó el científico con ensoñación.

—Desearía que mis huesos estuvieran tan libres de reumatismo como lo estaban hace veinte años —prosiguió Daniel malhumorado—, y entonces, quizá, podría tomarme veinte años a la ligera. De cualquier modo, la cuestión es que mi mujer necesita una muchacha. Ella no puede pasarse el día de arriba abajo por esos pasillos interminables, ni estar de pie en esa cocina de piedra año tras año, como si fuera una mujer joven. Necesita a una chica que la ayude.

—Pues que tenga veinte chicas —replicó el señor Bascom retomando su libro.

—¿Cuál es la razón para hablar así, señor? ¡Veinte chicas, sin duda! Bastante trabajo nos va a costar encontrar a una.

—¿Porque la zona está poco poblada? —inquirió el señor Bascom mientras continuaba leyendo.

—No, señor. Porque existe la creencia de que la casa está encantada.

Michael Bascom depositó su libro sobre la mesa y se giró para dedicarle una grave mirada de reproche a su sirviente.

—Skegg —dijo con voz severa—, pensaba que habías vivido conmigo lo suficiente como para estar por encima de tonterías de esa índole.

—No digo que yo crea en fantasmas —contestó Daniel con un aire de media disculpa—, pero la gente del campo sí lo hace. No hay un mortal entre ellos que se aventurara a cruzar nuestro umbral una vez caída la noche.

—Tan solo porque Anthony Bascom, tras llevar una vida salvaje en Londres y perder su dinero y sus tierras, vino aquí con el corazón roto y se sospecha que acabó consigo mismo en esta casa, que era la única propiedad que le quedaba de su próspero patrimonio.

—¿Se sospecha que acabó consigo mismo? —gimió Skegg—. El hecho es tan bien conocido como la muerte de la reina Isabel o el gran incendio de Londres. ¿Por qué si no fue enterrado en el cruce de caminos entre esta casa y Holcroft?

—Una inofensiva tradición de la cual no puedes sacar ninguna prueba sustancial —replicó el señor Bascom.

—No sé nada sobre pruebas, pero la gente de la zona lo cree tan firmemente como creen en su Evangelio.

—Si su fe en el Evangelio fuera un poco más fuerte no necesitarían preocuparse por Anthony Bascom.

—Bueno —refunfuñó Daniel mientras recogía la mesa del desayuno—, necesitamos una muchacha, pero tendrá que ser una forastera o una chica que necesite un lugar con urgencia.

Cuando Daniel Skegg hablaba de forastera no se refería a alguien nativo de algún distante clima, sino a una chica que no hubiera nacido y crecido en Holcroft. Daniel había sido criado y educado en aquella insignificante aldea y, por pequeña y modesta que fuera, la consideraba como la única frontera con el mundo exterior.

Michael Bascom estaba demasiado concentrado en la teoría atómica como para otorgar un segundo pensamiento a las necesidades de la vieja criada. La señora Skegg era un individuo con el que rara vez entraba en contacto. Ella vivía principalmente en una sombría región en la zona norte de la casa donde gobernaba sobre la soledad de una cocina que parecía una catedral, sobre los numerosos lavaderos, la alacena y la bodega. Estos eran los lugares en los que presentaba una batalla continua contra arañas y escarabajos y donde agotaba sus ancianos años en las tareas de barrer y fregar. Era una mujer de aspecto severo, dogmática devoción y amarga lengua. También era una buena cocinera y se ocupaba con diligencia de los deseos de su señor. Este no era un sibarita, pero le gustaba que su vida fuera tranquila y sencilla y el equilibrio de su fuerza mental podría verse perturbado a causa de una mala cena.

El señor Bascom no volvió a escuchar nada sobre la incorporación propuesta para su casa hasta diez días más tarde, cuando Daniel Skegg volvió a sorprenderlo en su estudioso sosiego con un repentino anuncio.

—¡He encontrado una muchacha!

—Oh —repuso Michael Bascom—, ¿lo has hecho? —Y prosiguió la lectura de su libro. Esta vez estaba leyendo un ensayo sobre el fósforo y sus funciones en relación con el cerebro humano.

—Sí —continuó Daniel con su habitual tono malhumorado—. Es una huérfana y está lejos de su hogar, por eso la he convencido. Jamás habría accedido si hubiera sido de aquí.

—Espero que sea respetable —dijo Michael.

—¡Respetable! Ese es su único defecto, pobrecilla. Es demasiado buena para este sitio. Nunca ha servido antes, pero dice que está dispuesta a trabajar y estoy seguro de que mi mujer podrá enseñarle todo lo necesario. Su padre era un modesto comerciante en Yarmouth. Falleció hace un mes dejando a esta pobre criatura sin hogar. La señora Midge, en Holcroft, es su tía y le dijo a la muchacha: «Ven y quédate conmigo hasta que encuentres un lugar», y ella lleva en su casa tres semanas intentando encontrar ese lugar. Cuando la señora Midge se enteró de que mi mujer necesitaba a una muchacha para que la ayude, pensó que era justo lo que buscaba su sobrina Maria. Afortunadamente, Maria no sabe nada sobre esta casa y la pobre inocente me ha hecho una reverencia y me ha dicho que estaría agradecida de poder venir y que se esforzará todo lo posible por cumplir con su obligación. Hasta ahora ha tenido una vida fácil con su padre quien la educó por encima de su posición como el tonto que era —gruñó Daniel.

—Por lo que cuentas creo que no has hecho un buen trato —contestó Michael—. No querrás que una joven dama se ponga a limpiar cazuelas y sartenes.

—Mi mujer la haría trabajar incluso si fuera una joven duquesa —replicó Daniel con decisión.

—Y bien, ¿dónde pretendes colocar a esa chiquilla? —preguntó el señor Bascom bastante irritado—. No puedo tener a una extraña caminando arriba y abajo por el pasillo fuera de mi dormitorio. Sabes que tengo el sueño muy ligero, Skegg. Un ratón por detrás de las paredes es suficiente para despertarme.

—He pensado en eso —respondió el mayordomo con una mirada de inefable sabiduría—. No voy a colocarla en su misma planta. Ella dormirá en el ático.

—¿En qué habitación?

—La grande que se encuentra en la parte norte de la casa. Está en la única zona en la que el tejado no tiene goteras. Sería lo mismo que ella durmiera en una bañera que en cualquiera de las otras habitaciones del ático.

—La habitación en la parte norte —repitió el señor Bascom pensativo—, ¿esa no es…?

—Por supuesto que lo es —le cortó Skegg—, pero ella no sabe nada al respecto.

El señor Bascom volvió a sus libros y se olvidó por completo de la huérfana de Yarmouth hasta que una mañana, al entrar en su estudio, se vio sorprendido por la aparición de una extraña muchacha vestida con un pulcro uniforme de algodón blanco y negro quien estaba ocupada quitando el polvo de las torres de volúmenes colocadas sobre su espacioso escritorio. Lo hacía de una manera tan cuidadosa y diestra que tal insólito atrevimiento no le produjo enojo alguno. La vieja señora Skegg siempre se había abstenido de limpiar el polvo con la excusa de que no deseaba interferir en las costumbres de su señor. Así que una de las costumbres del señor había sido inhalar una buena cantidad de polvo en el curso de sus estudios.

La chica era menuda y delgada, con un rostro pálido y un tanto anticuado, el cabello trenzado y muy rubio, bajo una prolija caperuza de muselina y unos ojos azul claro. Eran los ojos más transparentes que el señor Bascom había visto en su vida, pero eran tales la dulzura y la gentileza de su expresión que compensaban su insípido color.

—Espero que no se oponga a que desempolve sus libros, señor —dijo mientras se inclinaba ante él. Hablaba con tan singular precisión que a Michael Bascom le pareció algo bello en su propia manera.

—No, no me opongo a la limpieza, siempre y cuando mis libros y documentos no se desordenen. Si retiras un volumen de mi escritorio, vuelve a colocarlo en el mismo lugar donde lo cogiste. Es lo único que pido.

—Seré muy cuidadosa, señor.

—¿Cuándo viniste aquí?

—Esta misma mañana, señor.

El estudioso se sentó a su mesa y la chica se retiró de la habitación de una manera tan silenciosa como si fuera una flor movida por la brisa. Michael Bascom la observó irse con curiosidad. Había tenido muy poco contacto con jóvenes del sexo femenino en el transcurso de su aburrida carrera y esta muchacha lo maravillaba como lo hubiera hecho una criatura de una especie desconocida para él hasta aquel momento. Qué bella y delicada era su figura, qué traslúcida era su piel, qué suaves y agradables sonidos salían de aquellos rojos labios. ¡Aquella sirvienta de la cocina era, desde luego, algo bello! Una pena que en aquel atareado mundo no se pudiera encontrar un trabajo mejor para ella que el de fregar cazos y sartenes.

Absorto en consideraciones sobre huesos secos, el señor Bascom no volvió a pensar en la pálida doncella. No volvió a verla por sus habitaciones; cualquier trabajo que hiciera en ellas lo debía de hacer pronto por las mañanas, antes del desayuno del erudito.

La muchacha llevaba una semana en la casa cuando, un día, se la encontró en el recibidor. El cambio en su apariencia lo dejó sorprendido. Los juveniles labios habían perdido su tono de capullo de rosa, los claros ojos azules tenían ahora una mirada asustada y oscuros círculos a su alrededor, como los tendría aquella cuyas noches han sido insomnes o pobladas por sueños malvados.

Michael Bascom estaba tan afectado por el indefinible aspecto del rostro de la muchacha que, a pesar de lo reservado que era por hábito y naturaleza, llegó al punto de preguntarle qué la afligía.

—Hay algo que no va bien, estoy seguro —dijo—. ¿Qué es?

—Nada, señor —farfulló ella, y esta pregunta pareció asustarla aún más —. Nada en absoluto, o nada por lo que merezca la pena que usted se preocupe.

—Tonterías. ¿Supones que porque vivo entre libros no tengo compasión por el resto de seres humanos? Dime qué es lo que te preocupa criatura. Has estado apenada por la reciente muerte de tu padre, supongo.

—No señor, no se trata de eso. Aunque nunca dejaré de estar afligida por ese motivo, es una pena que me durará toda la vida.

—¿Hay algo más entonces? —preguntó el señor Boscom con impaciencia—. Ya entiendo. No eres feliz aquí. No te agrada el trabajo duro. Ya supuse que pasaría.

—Oh, señor, ¡por favor no piense eso! —gimió la muchacha—. Por supuesto que estoy contenta de trabajar, contenta de poder servirle, es solo que… —se interrumpió mientras las lágrimas rodaban lentamente por sus mejillas a pesar de su esfuerzo por mantenerlas a raya.

—¡¿Solo qué?! —exclamó Michael cada vez más enfadado—. Estás llena de secretos y misterios. ¿Qué quieres decir, muchacha?

—Sé que puede parecer una tontería, señor, pero me asusta la habitación en la que duermo.

—¿Te asusta? ¿Por qué?

—Si le digo la verdad, señor, ¿promete no enfadarse?

—No me enfadaré si hablas abiertamente, pero estos encubrimientos y vacilaciones me irritan.

—Y por favor, no le diga a la señora Skegg que se lo he contado. Me reñiría, puede que incluso me despidiera.

—La señora Skegg no te reñirá. Vamos, chiquilla.

—Puede que usted no conozca la habitación en la que duermo, señor. Es una habitación alargada en uno de los extremos de la casa que mira hacia el mar. Puedo distinguir la oscura línea del agua desde la ventana y a veces me maravillo al pensar que es el mismo océano que solía contemplar cuando era una niña en Yarmouth. La parte de arriba de la casa es muy solitaria. El señor y la señora Skegg duermen en una pequeña habitación al lado de la cocina y yo estoy muy sola en el piso superior.

—Skegg me dijo que habías sido educada por encima de tu posición en esta vida, Maria. Hubiera pensado que la primera consecuencia de una buena educación sería que estuvieras por encima de cualquier tonta imaginación sobre habitaciones vacías.

—¡Oh, por favor, señor! No piense que esto es por algún fallo en mi educación. Padre se tomó tantas molestias conmigo…, no reparó en gastos para darme una educación mejor que la que podría desear la hija de un comerciante. Y él era un hombre religioso, señor. Él no creía… —llegado a este punto hizo una pausa mientras intentaba suprimir un escalofrío—, que los espíritus de los muertos se aparezcan a los vivos desde los días milagrosos cuando el fantasma de Samuel se le apareció a Saúl. Él nunca puso ninguna idea estúpida en mi cabeza. No tuve ningún temor cuando me tumbé a descansar por vez primera en esa solitaria habitación.

—Bueno, ¿entonces qué sucede?

—Pero en la primera noche —continuó la muchacha sin aliento—, sentí un peso sobre mí mientras dormía, como si tuviera una pesada carga sobre mi pecho. No era una pesadilla sino un desasosiego que me persiguió durante toda la noche y justo antes del amanecer, poco después de las seis, me desperté de repente; un sudor frío me resbalaba por la cara y supe que había algo terrible dentro de la habitación.

—¿A qué te refieres con algo terrible? ¿Viste algo?

—No demasiado, señor. Pero me heló la sangre en las venas y supe que era aquello que había estado persiguiéndome y lastrándome durante mi sueño. En la esquina, entre la chimenea y el armario, vi una sombra, una tenue e informe sombra.

—Producida por uno de los ángulos del armario, diría yo.

—No, señor. Podía distinguir la sombra del armario de manera nítida y clara como si hubiera estado pintada en la pared. Esta sombra estaba en la esquina, una extraña masa sin forma o, si hubiera tenido forma, parecía...

—¿Qué? —preguntó Michael ansioso.

—¡La forma de un cadáver colgado de la pared!

Michael Bascom palideció, pero aun así expresó su completa incredulidad.

—Pobre criatura —dijo con amabilidad—. Has estado afligida por tu padre hasta tal punto que tus nervios están débiles y tu cabeza, llena de imaginaciones. Por supuesto, una sombra en la esquina. Al amanecer cada esquina está llena de sombras. Mi viejo abrigo colgado de una silla podría pasar por un fantasma perfectamente.

—Oh, señor, he tratado de pensar que son imaginaciones mías. Pero he sentido el mismo peso que me oprime todas las noches. He visto la misma sombra todas las mañanas.

—Pero cuando llega la luz del día, ¿no puedes distinguir de que está hecha esa sombra tuya?

—No, señor, la sombra desaparece antes de que el día llegue a su plenitud.

—Claro, justo como cualquier otra sombra. Vamos, vamos, sácate estas tontas ideas de tu cabeza o nunca serás capaz de atender tus tareas diarias. Podría hablar con la señora Skegg para que te proporcionara otra habitación si quisiera alentar tu sinsentido. Pero eso sería lo peor que podría hacer por ti. Además, ella me dijo que todas las demás habitaciones de esa planta son húmedas y, sin duda, si te cambiara a una de ellas descubrirías otra sombra en otra esquina y contraerías reumatismo por las molestias. No, mi querida niña, debes probarte a ti misma que eres digna de tu superior educación.

—Haré todo lo posible, señor —respondió Maria con resignación mientras hacía una reverencia.

Maria regresó a la cocina bajo el peso de una gran tristeza. Llevaba una vida muy sombría en Wildheath Grange, taciturna durante el día, terrible durante la noche; la imprecisa carga y la sombra sin forma, las cuales parecían ser un asunto sin importancia para el académico, a ella le provocaban un terror sin fin. Nadie le había contado que la casa estaba embrujada y aun así, ella caminaba por aquellos resonantes pasillos envuelta en una nube de miedo. No obtenía ninguna compasión de Daniel Skegg y su mujer. Aquellas dos almas piadosas habían decidido que, en lo que a Maria respectaba, la reputación de la casa debía preservarse. Para ella, como forastera que era, la mansión debía permanecer como un lugar inmaculado y en ningún momento corrompido por alguna acre ráfaga del submundo. Una chica sumisa y bien dispuesta se había convertido en un elemento necesario en la vida de la señora Skegg; esa chica había sido encontrada y esa chica debía conservarse. Cualquier imaginación de carácter supernatural debía erradicarse con mano dura.

—¡Fantasmas, sin duda! —dijo amigablemente la señora Skegg—. Lee tu Biblia, Maria, y no hables más sobre fantasmas.

—Hay fantasmas en la Biblia —contestó Maria con un escalofrío al recordar ciertos terribles pasajes de las Escrituras que ella conocía tan bien.

—Ah, ellos estaban donde debían estar o no hubieran estado allí —replicó la señora Skegg—. Espero, Maria, que no empieces a buscarle pegas a la Biblia a estas alturas de tu vida.

Maria se sentó en silencio en su esquina al lado del fuego de la cocina y pasó las páginas de la Biblia de su querido padre fallecido hasta que llegó a los capítulos que ambos más habían amado y que más a menudo habían leído juntos. Él había sido un hombre ingenuo, honesto, el fabricante de armarios de Yarmouth; un hombre lleno de buenas aspiraciones, refinado y con una religiosidad instintiva. Él y su hija habían pasado la vida, juntos y solos, en la pulcra y pequeña casa que Maria había aprendido desde muy temprano a querer y a cuidar, y se habían amado el uno al otro casi con un amor romántico. Tenían los mismos gustos, las mismas ideas y habían necesitado muy poco para ser felices. Pero la inexorable muerte había separado a padre e hija, en uno de esos afilados y repentinos cismas que son como la erupción de un volcán: ruina instantánea, desolación y desesperanza.

La frágil figura de Maria se había combado ante la tempestad. Había atravesado una experiencia que bien podía haber aplastado a naturalezas más fuertes. Sus profundas convicciones religiosas y su creencia de que esta cruel separación no sería eterna la habían sostenido.

Michael Bascom se dijo a sí mismo que las estúpidas imaginaciones de la criada sobre la habitación no eran un asunto que debiera considerarse seriamente. Y sin embargo, la desagradable idea no abandonaba su mente y le perturbaba en sus tareas. Las ciencias exactas requieren todo el poder del cerebro del hombre, su absoluta atención y, en aquella tarde en particular, Michael se dio cuenta de que solo le estaba dedicando a su trabajo una parte de su atención. El pálido rostro de la muchacha y su trémulo tono de voz se inmiscuían en sus pensamientos. Cerró su libro con un irritado suspiro, giró su gran sillón hacia la chimenea y se dedicó a la contemplación. Intentar estudiar con una mente tan distraída no tenía sentido.

Era una tarde gris y apagada de principios de noviembre; la lamparita del estudioso estaba encendida pero los postigos no estaban cerrados todavía ni las cortinas echadas. Podía ver el plomizo cielo a través de sus ventanas y las copas de los abetos sacudidas por el exaltado viento. Podía oír la invernal ráfaga silbando entre los gabletes antes de apresurarse hacia la costa con un salvaje aullido que parecía un grito de guerra.

Michael Bascom se estremeció y se acercó al fuego.

«Es una tontería infantil y estúpida», murmuró para sí mismo, «aun así, es extraño que ella se imaginara esa sombra, ya que dicen que Anthony Bascom acabó consigo mismo en esa habitación. Recuerdo oírlo cuando era un niño; lo contaba una vieja criada cuya madre había servido en la casa en tiempos de Anthony. Nunca supe cómo murió, pobre hombre, si tomó veneno, o se pegó un tiro o se rebanó la garganta, pero me dijeron que fue en esa habitación. El viejo Skegg lo ha oído también. Lo supe por cómo se comportó cuando me dijo que la muchacha iba a dormir allí».

Permaneció sentado por largo rato hasta que el gris del atardecer cambió al negro de la noche y el grito de guerra del viento se desvaneció en un quejumbroso murmullo. Siguió sentado mientras miraba el fuego y dejaba que sus pensamientos vagaran hasta el pasado y las narraciones que había oído en su infancia.

La historia de su tío abuelo, Anthony Bascom, era triste y trágica: la lamentable historia de una fortuna derrochada y una vida malgastada. Una desenfrenada carrera universitaria en Cambridge, un establo de carreras en Newmarket, un matrimonio imprudente, una vida disipada en Londres, una esposa fugada, una finca perdida a manos de los prestamistas judíos y después, el fatal desenlace.

Michael había oído a menudo la funesta historia: cómo, cuando su hipócrita esposa lo abandonó, cuando agotó su crédito y sus amigos se cansaron de él, y lo único que le quedaba era Wildheath Grange, Anthony Bascom, roto, había acudido inesperadamente a aquella solitaria casa una noche y había ordenado que se le preparara la cama en la habitación donde solía dormir cuando iba para la caza del pato salvaje en su adolescencia. Su vieja escopeta todavía colgaba sobre la repisa de la chimenea donde la había dejado al heredar la propiedad cuando podía permitirse lo último en armas de fuego. No había vuelto por Wildheath Grange en quince años y durante muchos de aquellos años casi había olvidado que aquella lúgubre y vieja mansión le pertenecía.

La mujer que había sido el ama de llaves de Bascom Park, hasta que la casa y las tierras pasaron a manos de los prestamistas, era en aquel momento la única ocupante de Wildheath. Cocinó algo de cena para su señor y procuró que estuviera cómodo en el alargado y vacío comedor, pero se sintió consternada al descubrir, cuando recogió la mesa más tarde, que este casi no había probado bocado.

A la mañana siguiente el ama de llaves preparó el desayuno en aquel mismo comedor y se las arregló para que pareciera más alegre y resplandeciente de lo que lo había sido la noche anterior. Una escoba, unos paños para quitar el polvo y un buen fuego hicieron mucho para mejorar el aspecto de la estancia. Pero la mañana dio paso al mediodía y la vieja criada esperó en vano escuchar las pisadas de su señor en las escaleras. El mediodía declinó en la tarde; ella había tratado de no molestarlo pensando que estaría agotado después del tedioso viaje a caballo y que estaría durmiendo un sueño exhausto. Pero cuando aquel breve día de noviembre se cubrió con las primeras sombras del anochecer, la vieja mujer se alarmó de manera considerable y subió las escaleras hasta la puerta de la habitación de su señor donde permaneció sin recibir respuesta a sus llamadas y golpes.

La puerta estaba cerrada con llave desde el interior y el ama de llaves no tenía la fuerza suficiente como para forzarla. Corrió escaleras abajo aterrorizada y salió, sin ni siquiera cubrir su cabeza, al solitario camino cercano a la casa. No había nadie en los alrededores salvo por la caseta de peaje en la senda que se abría en dirección al mar. Había exigua esperanza de que alguien pasara por allí. La mujer corrió por el camino, casi sin saber a dónde se dirigía o lo que iba a hacer, pero con la vaga conciencia de que necesitaba encontrar a alguien que la ayudara.

El azar estuvo de su parte. Un carro lleno de algas avanzaba despacio y con dificultad desde el camino de la playa y un fornido granjero caminaba pesadamente a su lado.

—¡Por el amor del cielo, venga conmigo y abra la puerta de mi señor! —suplicó la mujer mientras asía al granjero del brazo—. Está muerto o sufriendo un ataque y soy incapaz de ayudarle.

—De acuerdo, señora —respondió el hombre como si recibiera una invitación de aquellas características todos los días—. ¡Hala, Dobbin! Quédate aquí quieto, caballo.

Dobbin estuvo bastante complacido de que lo amarraran en un retazo de hierba enfrente de los jardines de la casa mientras su dueño seguía al ama de llaves al piso superior donde hizo trizas la anticuada cerradura de la puerta con un golpe de su fuerte puño.

El peor miedo de la mujer se hizo realidad. Anthony Bascom estaba muerto. Pero Michael nunca había llegado a saber los pormenores de su muerte. La hija del ama de llaves, que fue quien le contó la historia, era ya una anciana cuando él era niño. Ella solo había sacudido la cabeza y murmurado cosas incomprensibles cuando le había preguntado con más premura. Ni siquiera había admitido que se tratara de un suicidio. Y aun así, la leyenda de su autodestrucción estaba arraigada en las mentes de las gentes de Holcroft y existía la firme creencia de que su fantasma embrujaba Wildheath Grange en determinados momentos y estaciones.

Pero Michael Bascom era un materialista estricto. Para él, el universo con todos quienes lo habitaban, era una gran máquina gobernada por leyes inexorables. Para semejante hombre, la idea de un fantasma era simplemente absurda, tan absurda como la aseveración de que dos más dos son cinco o que una circunferencia puede ser formada por una línea recta. Incluso así, la idea de que una mente pudiera creer en fantasmas tenía una especie de interés diletante para él. El asunto ofrecía la posibilidad de un entretenido estudio psicológico. Era evidente que aquella pobre y pálida chiquilla albergaba algún tipo de terror sobrenatural dentro de su cabeza, el cual solo podía ser conquistado por un tratamiento racional.

«Sé lo que tengo que hacer», se dijo Michael Bascom de repente. «Ocuparé esa habitación yo mismo esta noche y le demostraré a esa estúpida muchacha que su noción de esa sombra no es nada más que una tonta ilusión nacida de la cobardía y de unos ánimos alicaídos. Un gramo de pruebas es mejor que un kilo de argumentaciones. Si le puedo probar que tras pasar una noche en esa habitación no he visto ninguna sombra, ella entenderá qué cosa tan absurda es la superstición». En aquel momento apareció Daniel para cerrar los postigos.

—Skegg, dile a tu mujer que me prepare la cama en el cuarto donde ha estado durmiendo Maria y que a ella la ponga en una de las habitaciones de la primera planta por esta noche.

—¿Señor?

El señor Bascom repitió su orden.

—Esa niña tonta ha venido a quejarse a usted sobre su habitación —exclamó Skegg con indignación—. No se merece estar bien cuidada y bien alimentada en una casa confortable. Debería ir a uno de los asilos para pobres.

—No te enfades con la pobre muchacha, Skegg. Se le ha metido una idea en la cabeza y solo quiero demostrarle lo tonta que realmente es —replicó el señor Bascom.

—¿Y usted quiere dormir en su… en esa habitación? —replicó el mayordomo.

—Precisamente.

—Bien —caviló Skegg—, si él anda por ahí, cosa que no creo, es de su misma sangre, así que no creo que le haga daño alguno.

Cuando Daniel Skegg regresó a la cocina regañó sin piedad a la pobre Maria. Esta permaneció sentada, pálida y silenciosa, en su esquina junto al hogar mientras zurcía las viejas medias de lana grises de la señora Skegg, que eran la armadura más rígida y áspera con la que cualquier pie humano podría cubrirse.

—¿Ha habido alguna vez una muchacha tan caprichosa, fina, con aires de señora —profirió Daniel— que haya acudido a la casa de un caballero y, con sus tonterías y antojos, le haya sacado de su propio dormitorio para hacerle dormir en un ático?

Si eso era el resultado de ser educado por encima de su posición, Daniel declaró que entonces estaba agradecido de no haber llegado más allá en su educación como para leer palabras de dos sílabas sin deletrear. Bien podían colgar a la educación, si era a esto a lo que conducía.

—Lo siento mucho —musitó Maria mientras lloraba en silencio sobre su labor—. Pero, señor Skegg, yo no me quejé. El señor me preguntó y yo le conté la verdad. Eso fue todo.

—¡Todo! —exclamó el señor Skegg iracundo—. ¡Todo, sin duda! Debo creer que fue más que suficiente.

La pobre Maria permaneció en silencio. Su mente, agitada por la rudeza de Daniel, se había evadido lejos de aquella sombría e inmensa cocina hasta la casa perdida de su niñez; aquel acogedor salón donde ella y su padre se habían sentado junto al fuego en noches como aquella; ella con su caja de costura y su labor y él con el periódico que adoraba leer mientras el consentido gato ronroneaba sobre la alfombra, con la hervidora de agua silbando sobre el salvamanteles de latón y la bandeja del té repleta con la comida más reconfortante del día. Oh, aquellas noches felices, aquella querida compañía. ¿Realmente se habían ido para siempre dejando atrás nada más que aspereza y servidumbre?

Michael Bascom se retiró más tarde de lo habitual esa noche. Tenía la costumbre de quedarse enfrascado en sus libros mucho tiempo después de que todas las lámparas de la casa menos la suya se hubieran extinguido. El señor y la señora Skegg se habían fundido con el silencio y la oscuridad de su lúgubre estancia de la planta inferior. Aquella noche los estudios del académico podían considerarse más una lectura recreativa que un trabajo duro ya que se hallaba absorto en la historia de las misteriosas gentes que habían habitado la región de los lagos suizos[8], la cual había sido engrosada por diversas especulaciones y teorías.

El viejo reloj de pie en las escaleras dio las dos mientras Michael ascendía lentamente, con una vela en la mano, hasta el desconocido territorio del ático. Una vez en lo alto de la escalera encaró un estrecho y oscuro pasillo que conducía a la parte norte, un pasillo tan negro y espeluznante, que bastaría por sí solo para producir terror en una mente supersticiosa.

«Pobre criatura», caviló el señor Bascom al pensar en Maria. «Esta zona del ático es bastante sombría y para una joven mente propensa a la imaginación…». En ese momento ya había llegado hasta la habitación de la parte norte y había abierto la puerta. Permaneció de pie mirando a su alrededor.

Era una habitación grande, con el techo abuhardillado en uno de los lados pero aceptablemente elevado en el otro. Era una estancia anticuada, llena de mobiliario anticuado (vasto, pesado, burdo) que recordaba a unos tiempos ya pasados y a personas ya fallecidas: un armario

[8] En 1854, aprovechando el bajo nivel del Lago Zurich se inició la construcción de un puerto. Durante las excavaciones se descubrieron una serie de construcciones perfectamente conservadas de antiguos pobladores neolíticos. Estos descubrimientos hicieron volar la imaginación de la época dando lugar a teorías que hablaban de poblaciones construidas sobre las aguas y conectadas por puentes. Hoy se sabe que estas construcciones palafíticas estaban en terrenos pantanosos cercanos a los lagos.

de madera de nogal lo observaba de frente, sus manillas de latón brillaban en la oscuridad como si fueran unos diabólicos ojos; la cama con dosel tenía sus cuatro altos postes recortados para acomodarla a lo abuhardillado del techo lo que le otorgaba un aspecto deforme e irregular; y un viejo escritorio de caoba que olía a secretos. Había algunas pesadas y anticuadas sillas con los asientos hundidos, mohosas por la edad y muy desgastadas por el uso. Un lavamanos con una gran palangana y una jarra pequeña se encontraba en una esquina; todos los cachivaches de un tiempo pasado. No había alfombra salvo por una estrecha tela junto a la cama.

«Es una habitación deprimente», reflexionó Michael con la misma pena hacia la debilidad de Maria que había sentido en el rellano de la escalera hacía un momento. A él no le importaba dónde dormir y tras la ligereza de su lectura vespertina sobre las gentes de los lagos suizos se sentía humanizado e incluso inclinado hacia la compasión por las debilidades de una tonta chiquilla.

Se fue a la cama decidido a dormir profundamente. La cama era confortable, bien abastecida de mantas más suntuosas que las habituales, y el académico tenía esa agradable sensación de fatiga que promete un profundo y sosegado sueño.

Cayó dormido con rapidez, pero se despertó con un sobresalto diez minutos más tarde. ¿Qué era aquella carga de preocupaciones que lo había despertado; aquella sensación de que todo estaba impregnado de una desazón que pesaba sobre su ánimo y oprimía su corazón, el helado horror de alguna terrible crisis en su vida por la que inevitablemente debía pasar? Estos sentimientos eran tan nuevos como dolorosos para él. Su vida había fluido en una marea tranquila e indolente, imperturbable siquiera por la onda de una pesadumbre. Sin embargo, aquella noche sintió todas las punzadas de un remordimiento fútil, el agonizante recuerdo de una vida desperdiciada, el escozor de la humillación y de la desgracia, la vergüenza, la ruina; la idea de una muerte espantosa, ya que se había condenado a sí mismo a morir por su propia mano. Estos eran los horrores que pesaban sobre él y lo hundían mientras yacía en la habitación de Anthony Bascom.

Sí, incluso él, el hombre que solo veía en la Naturaleza o en la naturaleza de Dios a una irresponsable e invariable maquinaria gobernada por leyes mecánicas, tenía que admitir que se hallaba frente a un misterio psicológico. Esta angustia que se inmiscuía entre él y su descanso era la angustia que había hostigado a Anthony Bascom la última noche de su vida. De la misma manera había considerado la idea del suicidio mientras yacía en aquella solitaria habitación, quizá como una forma de lucha para dar descanso a su agotado cerebro con un último sueño terrenal antes de pasar a la desconocida tierra intermedia donde todo era oscuridad y quietud. Y esa turbulenta mente había embrujado la habitación desde entonces. No era el espíritu del cuerpo del hombre el que regresaba al lugar donde había sufrido y fallecido, un simulacro carente de significado de las ropas que vestía y la figura que las llenaba, sino el fantasma de su mente, su verdadero yo.

Michael Bascom no era un hombre que pudiera abandonar sus elevados fundamentos de escéptica filosofía sin luchar. Trató por todos los medios de dominar aquella opresión que pesaba sobre su mente y sus sentidos. Una y otra vez consiguió recomponerse lo suficiente como para quedarse dormido pero solo para despertarse de nuevo con los mismos pensamientos atormentados, el mismo remordimiento, la misma desesperación. Así pasó la noche en un inenarrable agotamiento, porque aunque se dijera a sí mismo que esas inquietudes no eran las suyas, que aquella carga no era real y que no tenía razón alguna para sentir remordimientos, aquellas vívidas imaginaciones eran tan dolorosas como si fueran ciertas y le afectaron profundamente.

El primer rayo de luz se deslizó a través de la ventana, tenue, frío y gris; después llegó el amanecer y Michael miró hacia la esquina entre el armario y la chimenea.

Sí, había una sombra. No era tan solo la sombra del armario, esa era bastante nítida, sino un algo informe y difuso que oscurecía la apagada pared marrón. Era tan débil, tan impreciso que no podía conjeturar sobre su procedencia o sobre su significado. Se decidió a observar esta sombra hasta que se hiciera de día por completo, pero la fatiga de la noche lo había extenuado y antes de que pasara la primera penumbra del amanecer se había quedado dormido y disfrutaba del dichoso bálsamo de un sueño en paz. Cuando despertó, el sol invernal brillaba a través de la celosía y el cuarto había perdido su lúgubre aspecto. Era anticuado, gris y desgastado, pero la intensidad de su pesadumbre había huido junto con las sombras y la oscuridad de la noche.

El señor Bascom se levantó renovado por un sueño profundo de casi tres horas. Recordó los miserables sentimientos que lo habían acosado antes de su reparador sueño, pero rememoró estas extrañas sensaciones tan solo para despreciarlas, y se despreció también a sí mismo por haberles otorgado tanta importancia.

«Indigestión lo más seguro», se dijo. «O quizá simples imaginaciones mías engendradas por la estúpida historia de la muchacha. El más sabio entre nosotros se encuentra bajo el dominio de la imaginación más de lo que querría confesar. Bueno, Maria no dormirá más en esta habitación. No hay una razón en particular por la que debería y no debe ser infeliz solo por contentar al viejo Skegg y a su esposa».

Después de haberse vestido en su habitual manera pausada, el señor Bascom caminó hasta la esquina donde había visto, o había imaginado ver la sombra, y examinó el lugar con cuidado. A primera vista no pudo descubrir nada de naturaleza misteriosa; no había puerta alguna en la pared empapelada, ni rastro de que hubiera habido alguna en el pasado. No había ninguna trampilla en los tablones carcomidos por los gusanos. No había ninguna oscura mancha que hablara de asesinato. No había ni el más mínimo indicio de un secreto o un misterio.

Miró hacia el techo. Parecía bastante estable a excepción de alguna zona sucia aquí y allá donde la lluvia había dejado su marca. Pero sí, había algo. Algo insignificante que, sin embargo, tenía un atisbo de desesperación que lo sobrecogió.

Como a unos treinta centímetros del techo vio un gran gancho de hierro que sobresalía de la pared justo por encima del lugar donde había vislumbrado la sombra. Se subió a una silla para examinarlo mejor y para comprender, si podía, el propósito por el cual había sido colocado allí.

Era viejo y estaba oxidado, debía llevar en aquel sitio muchos años. ¿Quién podría haberlo puesto ahí y por qué? No era el tipo de gancho del que uno colgaría un cuadro o sus vestimentas. Estaba en un oscuro rincón. ¿Lo habría colocado Anthony Bascom la noche que murió, o se lo habría encontrado allí, listo para su fatal uso?

«Si fuera un hombre supersticioso», pensó Michael, «me inclinaría a creer que Anthony Bascom se ahorcó de ese viejo y oxidado gancho».

—¿Ha dormido bien, señor? —preguntó Daniel mientras le servía el desayuno.

—Admirablemente —contestó Michael decidido a no satisfacer la curiosidad de su criado. Siempre le había molestado la creencia de que Wildheath Grange estaba embrujada.

—Oh, por supuesto, señor. Bajó tan tarde que supuse...

—¡Tarde, sí! Dormí tan bien que sobrepasé mi hora habitual de levantarme. Pero, por cierto, Skegg, ya que a esa pobre muchacha no le gusta esa habitación, deja que duerma en otro lugar. No supone ninguna diferencia para nosotros y para ella puede suponer mucha.

—¡Hum! —murmuró Daniel malhumorado—. ¿No vio nada extraño allá arriba entonces?

—¿Ver algo? Por supuesto que no.

—Bueno, entonces ¿por qué debería ella ver nada? Son solo bobadas suyas.

—No importa, deja que duerma en otra habitación.

—No hay ninguna otra habitación del piso de arriba que esté seca.

—Entonces deja que duerma en el piso inferior. Se mueve con mucha quietud, pobre criatura. No me molestará.

Daniel gruñó y su señor entendió ese gruñido como de obediente acuerdo; sin embargo, en este caso el señor Bascom estaba desafortunadamente equivocado. La proverbial obstinación de las mulas no era nada comparada con la obstinación de un anciano testarudo cuya estrechez de miras nunca había sido iluminada por la educación. Daniel había comenzado a sentirse celoso del compasivo interés de su señor por la chiquilla huérfana. Ella era una persona amable y dependiente que podría reptar de manera inadvertida hasta el corazón de un solterón entrado en años y hacerse allí un confortable nido. «Las cosas podrían torcerse y yo y mi mujer terminaremos sin un lugar a donde ir si no me pongo firme con toda esta tontería», murmuró Daniel para sí mismo mientras se llevaba la bandeja del desayuno a la cocina.

Maria salió a su encuentro en el pasillo.

—Y bien, señor Skegg, ¿qué ha dicho mi señor? —preguntó sin aliento—. ¿Ha visto algo extraño en la habitación?

—No, muchacha. ¿Qué debería haber visto? Ha dicho que eres una tonta.

—¿Nada le ha molestado? ¿Ha dormido allí en paz? —farfulló Maria.

—Nunca ha dormido mejor en su vida. ¿No te sientes avergonzada de ti misma?

—Sí —respondió ella con resignación—. Me avergüenzo de haberme imaginado todo. Volveré a mi habitación esta noche, si así lo quiere, señor Skegg, y no volveré a quejarme sobre ella otra vez.

—Espero que no lo hagas —replicó Skegg con brusquedad—. Ya nos has causado suficientes problemas.

Maria suspiró y se fue para continuar con su trabajo en lastimero silencio. El día pasó con lentitud, tal y como pasaban todos los días en aquella vieja casa sin vida. El académico permaneció en su estudio, Maria pasó de habitación en habitación con suavidad, barriendo y quitando el polvo en la sombría soledad. El sol del mediodía se disolvió en el gris de la tarde y el anochecer cayó como una maldición sobre la lóbrega casa.

Maria y su señor no se cruzaron a lo largo de aquel día. Cualquiera que hubiera estado lo bastante interesado en la muchacha como para observar su apariencia se habría fijado en que estaba más pálida de lo normal y que sus ojos tenían una mirada resuelta, como la de quien está decidido a enfrentarse a una dolorosa prueba. Apenas comió nada en todo el día y estuvo muy callada. Skegg y su mujer achacaron ambos síntomas a su temperamento.

—No come y no habla —le dijo Daniel a la compañera de sus alegrías—. Eso es que está enfurruñada. Yo nunca permití que ningún enfurruñamiento me gobernara cuando era un hombre joven y tú lo intentaste siendo una mujer joven así que ahora tampoco lo voy a permitir a estas alturas de mi vida.

Llegó la hora de acostarse. Maria les dedicó un civilizado «buenas noches» a los Skegg y subió a su solitario desván sin un murmullo.

La mañana siguiente llegó y la señora Skegg esperó en vano a su paciente criada a la hora de preparar el desayuno.

—La muchacha se ha quedado dormida esta mañana —dijo la anciana—. Ve a despertarla, Daniel. Mis pobres piernas no pueden soportar esas escaleras.

—Tus pobres piernas se están volviendo unas inútiles últimamente —murmuró Daniel malhumorado mientras iba a llevar a cabo el mandato de su esposa.

Golpeó la puerta y llamó a Maria una, dos, tres, muchas veces, pero no hubo respuesta. Intentó abrir la puerta y se la encontró cerrada con llave. Sacudió la puerta con violencia, helado de miedo.

Se dijo a sí mismo que la chica estaba gastándole una broma. Se habría ido antes del amanecer y habría echado la llave para asustarlo. Pero no, eso no podía ser porque pudo distinguir la llave en la cerradura cuando se arrodilló para mirar a través de ella. La llave no le dejaba ver el interior de la habitación.

«Ella está ahí dentro, riéndose de mí a carcajadas», se dijo, «pero pronto me vengaré».

Había una pesada barra en las escaleras que servía para asegurar los postigos de la ventana que las iluminaba. Era una barra que estaba siempre en una esquina cercana a la ventana aunque casi nunca se usaba. Daniel descendió con rapidez hasta el rellano, cogió la pesada barra de hierro y regresó ante la puerta del desván.

Un golpe con la barra hizo trizas la vieja cerradura, que era la misma que el granjero había roto con su fuerte puño setenta años atrás. La puerta se abrió con violencia y Daniel entró en el ático que había escogido como dormitorio para la forastera. Maria colgaba del gancho que sobresalía de la pared. Su pañuelo cubría su rostro con modestia. Se había ahorcado deliberadamente una hora antes de que Daniel la encontrara, en el temprano gris de la mañana. El médico, que había venido desde Holcroft, pudo determinar la hora en la que se había suicidado, pero nadie pudo saber qué repentino acceso de terror la había impulsado a aquel acto desesperado o bajo qué lenta tortura de nervioso recelo su mente había claudicado. El jurado forense dictaminó el habitual y misericordioso veredicto de «locura transitoria».

El sombrío destino de la joven oscureció el resto de la vida de Michael Bascom. Huyó de Wildheath Grange como se huiría de un lugar maldito y de los Skegg como de los asesinos de una inocente e inofensiva muchacha. Terminó sus días en Oxford, donde fundó una sociedad de mentes afines, rodeado de los libros que amaba. Pero el recuerdo del triste rostro de Maria, y su todavía más triste muerte fue su aflicción más duradera. Nunca pudo sacar su alma de aquella profunda sombra.

La buena *lady* Ducayne

I

Bella Rolleston había decidido que la única manera de ganarse la vida, y de paso poder ayudar a su madre, era saliendo al gran y desconocido mundo para ejercer de acompañante de alguna gran señora. Estaba dispuesta a acudir a cualquier dama que fuera lo suficientemente rica para pagarle un buen salario y tan excéntrica como para desear una acompañante de alquiler. Cinco chelines, descontados a regañadientes de uno de esos soberanos tan difíciles de ver en manos de madre e hija y que desaparecían con tanta rapidez, cinco sólidos chelines habían sido entregados a una señora elegantemente vestida en una oficina de la calle Harbeck, con la esperanza de que esta Persona muy Superior encontrara una colocación y un salario para la señorita Rolleston.

La Persona Superior echó una ojeada a las dos medias coronas que Bella había depositado sobre la mesa para asegurarse de que ninguna de ellas era un florín y se dispuso a escribir la descripción de las cualificaciones y los requerimientos de la joven en un cuaderno de aspecto formidable.

—¿Edad? —preguntó con sequedad.

—Dieciocho, el pasado julio.

—¿Conocimientos?

—Ninguno, no tengo ninguno. Si los tuviera preferiría ser institutriz; una dama de compañía es el escalón más bajo.

—En nuestros archivos tenemos como damas de compañía o carabinas a algunas jóvenes de lo más cualificadas.

—¡Oh, lo sé! —farfulló Bella, locuaz en su juvenil ingenuidad—, pero eso es algo completamente diferente. Madre no ha podido permitirse un piano desde que yo tenía doce años, así que me temo que he olvidado cómo se toca. Y he tenido que ayudar a madre con sus trabajos de costura por lo cual no ha habido mucho tiempo para dedicarlo al estudio.

—Por favor, no pierdas el tiempo explicándome lo que no puedes hacer y haz el favor de decirme lo que sí puedes hacer —replicó la Persona Superior con rotundidad mientras sostenía el lápiz entre sus delicados dedos, lista para escribir—. ¿Eres capaz de leer en voz alta durante dos o tres horas seguidas? ¿Eres activa y práctica, capaz de andar a buen paso, madrugadora, dulce y voluntariosa?

—Puedo contestar que sí a todas esas preguntas excepto a la de la dulzura. Aunque tengo bastante buen carácter y estaría ansiosa por complacer a cualquiera que pagara por mis servicios. Me gustaría que sintieran que realmente me gano mi sueldo.

—Al tipo de damas que acuden a mí no les agradan las acompañantes charlatanas —repuso la Persona con gesto adusto tras terminar de escribir en su cuaderno—. Mis contactos son principalmente de la aristocracia, y entre esa clase social se espera una considerable deferencia.

—¡Por supuesto! —dijo Bella—. Pero es diferente ahora que estoy hablando con usted. Quiero decirle todo lo que hay que saber sobre mí de una sola vez.

—¡Me alegra que vaya a ser una sola vez! —contestó la Persona Superior casi sin mover los labios.

La Persona era de edad indefinida y estaba encorsetada con rigidez dentro de un vestido de seda negro. Tenía una tez empolvada y una admirable mata de pelo postizo en lo alto de la cabeza, y era posible que la vivacidad y la frescura infantil de Bella tuvieran un efecto irritante sobre sus ya debilitados nervios debido a las ocho horas pasadas en aquel sobrecalentado segundo piso en la calle Harbeck. Para Bella, aquella oficina con su alfombra de Bruselas, sus sillas y cortinajes de terciopelo y el reloj francés con su ruidoso tictac encima de la repisa de mármol, tenía todos los lujos de un palacio; sobre todo si la comparaba con otro segundo piso en Walworth, donde la señora Rolleston y su hija se las habían ingeniado para vivir los últimos seis años.

—¿Cree que tiene algo en sus archivos adecuado para mí? —titubeó Bella tras una pausa.

—Oh, no, querida. No tengo nada a la vista en este momento —contestó la Persona sin prestarle mucha atención mientras, con las puntas de sus dedos, barría dentro de un cajón las medias coronas de Bella—. Verás, te falta mucha formación y eres demasiado joven para ser la acompañante de una dama de buena posición. Es una lástima que no tengas suficiente educación para ser una institutriz infantil; eso se ajustaría más a ti.

—¿Y cree que pasará mucho tiempo antes de que pueda encontrarme una colocación? —preguntó Bella, insegura.

—Realmente no lo puedo saber. ¿Hay alguna razón en particular por la que eres tan impaciente? ¿Ningún amorío, espero?

—¡Un amorío! —exclamó Bella con las mejillas sonrojadas—. Eso es una completa sandez. Quiero una colocación porque mi madre es pobre y odio ser una carga para ella. Quiero un salario para poder compartirlo con ella.

—No habrá mucho margen para compartir el tipo de salario que seguramente recibirás a tu edad y con tus tan poco educados modales —alegó la Persona, quien encontraba las mejillas como peonías de Bella, sus brillantes ojos y su desenfrenada viveza cada vez más agobiantes.

—A lo mejor, si tuviera la amabilidad de devolverme mi dinero, podría llevarlo a otra agencia cuyos contactos no sean tan aristocráticos —replicó Bella, quien, tal y como le dijo a su madre al contarle la entrevista, no estaba dispuesta a que se aprovecharan de ella.

—No encontrarás ninguna otra agencia que pueda ayudarte más que la mía —contestó la Persona, cuyos dedos de arpía jamás devolvían moneda alguna—. Tendrás que esperar tu oportunidad. El tuyo es un caso excepcional, pero te tendré en mente y si se presenta algo apropiado te escribiré. No puedo decir más que eso.

La inclinación, casi con desprecio, de la majestuosa cabeza coronada con pelo postizo puso fin a la entrevista. Bella volvió a Walworth en aquella tarde de septiembre caminando con determinación cada metro del camino y, una vez allí, parodió a la Persona Superior para el divertimento de su madre y la casera, quien permaneció en la desgastada sala de estar después de llevar el té para aplaudir la imitación de la señorita Rolleston.

—Vaya, vaya, menuda comediante está hecha —dijo la casera—. Deberías haberle permitido que se dedicara al teatro. Podría haber hecho su fortuna como actriz.

II

Bella confió y esperó y estuvo atenta a la llegada del cartero, quien trajo muchas cartas para los inquilinos del primer piso, pero muy pocas dirigidas a ese humilde segundo piso donde madre e hija permanecían sentadas la mayor parte del día cosiendo a mano, con la rueda y con el pedal.

La señora Rolleston era una dama por nacimiento y educación pero había sido su desgracia desposarse con un canalla y, durante los últimos seis años, había sido el peor tipo de viuda: la esposa abandonada por su marido. Por suerte, era una mujer valiente, trabajadora y hábil con la aguja, y había sido capaz de ganarse la vida y mantener a su única hija haciendo mantos y capas para una tienda en el West End. No era una vida lujosa: alojamiento barato en una harapienta calle al lado de la calle Walworth, cenas escasas, comida sencilla y vestimentas muy usadas habían sido la dote de madre e hija; pero ambas se querían tanto y la naturaleza les había dado tan buena disposición que, de alguna manera, habían conseguido ser felices. Pero ahora, la idea de descubrir el mundo como acompañante de alguna distinguida dama había echado raíces en la mente de Bella y, aunque idolatraba a su madre y su separación haría trizas dos cariñosos corazones, la joven ansiaba aventuras, cambios y excitación, al igual que los pajes de antaño anhelaban ser caballeros para poder viajar a Tierra Santa y batallar con los infieles.

Se cansó de correr escaleras abajo cada vez que llamaba el cartero solo para que el criado de cara sucia que recogía el correo le dijera: «Nada para usted, señorita».

«Nada para usted, señorita», continuó diciendo el criado con una sonrisa burlona, hasta que Bella por fin se armó de valor y caminó hasta la calle Harbeck para preguntar a la Persona Superior cómo era que no le había encontrado todavía una colocación.

—Eres demasiado joven —dijo la Persona — y quieres un salario.

—Por supuesto que lo quiero —replicó Bella—. ¿Acaso otras personas no quieren un salario?

—Las jóvenes señoritas de tu edad lo que habitualmente quieren es una casa confortable.

—Yo no —le cortó Bella—. Yo quiero ayudar a madre.

—Puedes volver a preguntar dentro de una semana —contestó la Persona—. O, si sé de algo entre tanto, te escribiré.

No llegó carta alguna, y justo una semana más tarde, Bella se puso su mejor sombrero, aquel que la lluvia había estropeado menos, y emprendió la marcha hacia la calle Harbeck.

Era una sombría tarde de octubre y el aire plomizo anunciaba niebla antes del anochecer. Las tiendas en la calle Walworth resplandecían a través de aquella grisácea atmósfera y aunque para una joven dama proveniente de Mayfair o Belgravia aquellos escaparates no merecieran ni siquiera una mirada, para Bella eran una trampa y una tentación. Había tantas cosas que anhelaba poseer y que nunca podría comprar.

La calle Harbeck solía estar vacía en aquella desolada estación del año. Era una calle larga, muy larga, una interminable imagen de eminentes y respetables casas. La oficina de la Persona se encontraba en la parte final y Bella miró con desconsuelo hacia aquella perspectiva, interminable y gris, más cansada que de costumbre por su caminata desde Walworth. Mientras la observaba, un carruaje pasó a su lado. Era una anticuada carroza amarilla tirada por dos altivos caballos grises guiados por el más majestuoso de los cocheros, quien estaba acompañado por un alto lacayo.

«Parece la carroza del hada madrina», pensó Bella. «No me extrañaría que antes hubiera sido una calabaza».

Fue una sorpresa encontrar esa misma carroza amarilla a las puertas de la oficina de la Persona Superior y al alto lacayo esperando junto a los escalones. Casi le dio miedo entrar y encontrarse con el dueño de tan espléndido carruaje. Solo había sido capaz de vislumbrar a su ocupante cuando había pasado a su lado: un tocado con plumas y un trozo de armiño.

El asistente de la Persona la apremió escaleras arriba y llamó a la puerta de la oficina principal.

—La señorita Rolleston —anunció con tono de disculpa mientras Bella esperaba fuera.

—Hazla entrar —conminó la Persona con rapidez, y Bella le oyó murmurar algo en voz baja a su cliente.

La chica entró con decisión y frescura, la viva imagen de la esperanza y la juventud. Antes de poder mirar a la Persona, la dueña del carruaje atrajo su mirada.

Nunca había visto a nadie tan anciano como la dama sentada al lado del fuego: una pequeña figura envuelta, desde la barbilla hasta los pies, en un manto de armiño; un viejo y demacrado rostro bajo un sombrero emplumado, un rostro tan desgastado por los años que solo parecía contener un par de ojos y una puntiaguda barbilla. La nariz también era puntiaguda, pero entre las afiladas mejillas y los grandes y brillantes ojos, la pequeña y aquilina nariz apenas era visible.

—*Lady* Ducayne, esta es la señorita Rolleston.

Unos dedos como garras engalanados de joyas elevaron un monóculo doble hasta los brillantes ojos negros de *lady* Ducayne, y Bella vio cómo aquellos antinaturales y relucientes ojos, aumentados a través de los cristales, la observaban de una manera terrible.

—La señorita Torpinter me ha hablado mucho de ti —dijo la anciana voz perteneciente a aquellos ojos—. ¿Tienes buena salud? ¿Eres fuerte y activa? ¿Comes bien, duermes bien, andas bien y eres capaz de disfrutar todo lo que hay de bueno en la vida?

—Nunca he sabido lo que es estar enferma u ociosa —respondió Bella.

—Entonces creo que eres lo que necesito.

—Por supuesto, siempre y cuando sus referencias sean perfectamente satisfactorias —interfirió la Persona.

—No quiero referencias. La joven parece franca e inocente. Confiaré en ella.

—Como usted desee, querida *lady* Ducayne —murmuró la señorita Torpinter.

—Quiero a una mujer joven y fuerte cuya salud no me dé problemas.

—Ha sido muy desafortunada en ese aspecto —arrulló la Persona, cuya voz y actitud se habían atenuado en una derretida dulzura ante la presencia de la anciana mujer.

—Sí, he tenido bastante mala suerte —gruñó *lady* Ducayne.

—Sin embargo, estoy segura de que la señorita Rolleston no la defraudará, aunque claro, después de su desagradable experiencia con la señorita Tomson, quien era la viva imagen de la salud, y con la señorita Blandy, quien decía que no había necesitado ir al doctor desde que había sido vacunada…

—Mentiras, sin lugar a dudas —masculló *lady* Ducayne. Después se giró hacia Bella y preguntó con sequedad—: ¿Presumo que no te importará pasar el invierno en Italia?

¡En Italia! La sola palabra era mágica y el hermoso y joven rostro de Bella se tornó escarlata.

—El sueño de mi vida es conocer Italia —respondió con voz entrecortada. ¡De Walworth a Italia! Qué lejano e imposible le había parecido siempre ese viaje a aquella romántica soñadora.

—Pues tu sueño se hará realidad. Prepárate para partir desde Charing Cross en el tren de lujo de las once dentro de una semana. Asegúrate de estar en la estación un cuarto de hora antes. Mis criados te encontrarán a ti y a tu equipaje.

Lady Ducayne se levantó de la silla con la ayuda de su bastón y la señorita Torpinter la escoltó hasta la puerta.

—¿Y en lo relativo al salario? —inquirió la Persona.

—¿El salario? Oh, el mismo que el habitual. Si la joven necesita parte de su paga por adelantado puedes escribirme para que envíe un cheque —contestó *lady* Ducayne con despreocupación.

La señorita Torpinter acompañó a su cliente hasta el piso inferior y esperó hasta que esta estuvo acomodada en su carruaje amarillo. Cuando volvió a la planta de arriba le faltaba el aliento, pero había recuperado su antigua actitud de superioridad que tanto molestaba a Bella.

—Pensarás que tienes una suerte fuera de lo común, señorita Rolleston —dijo—. Tengo decenas de jóvenes muchachas en mis archivos a quien podría haber recomendado para esta colocación, pero recordé haberte dicho que volvieras esta tarde y pensé en darte una oportunidad. La vieja *lady* Ducayne es una de mis mejores clientas. Les da a sus acompañantes cien libras al año y se ocupa de todos los gastos de viaje. ¡Vivirás rodeada de lujos!

—¡Cien libras al año! ¡Qué maravilla! ¿Debo vestir con ostentosidad? ¿Hace *lady* Ducayne mucha vida social?

—¡A su edad! No, ella vive recluida en sus propios apartamentos con su doncella francesa, su lacayo, su médico, su mensajero.

—¿Por qué esas otras acompañantes la abandonaron? —preguntó Bella.

—¡Su salud empeoró!

—Pobres criaturas, ¿así que tuvieron que irse?

—Sí, tuvieron que irse. Supongo que querrás un adelanto de tu paga, ¿cierto?

—¡Oh, sí, por favor! Tengo cosas que comprar.

—Muy bien, escribiré a *lady* Ducayne para pedirle el cheque y te enviaré el dinero después de haber descontado mi comisión por un año.

—Solo por estar segura, no recuerdo que me hablara de una comisión.

—No imaginarás que mantengo esta oficina solamente por placer.

—Por supuesto que no —murmuró Bella recordando la cuota inicial de cinco chelines; aunque nadie podría esperar cien al año y un invierno en Italia por solo cinco chelines.

III

De la señorita Rolleston, en Cap Ferrino, a la señora Rolleston en la calle Beresford, Walworth.

Querida, cómo me gustaría que pudieras ver este lugar. El cielo azul, los olivos, los huertos de naranjas y limones entre los acantilados; y el mar, recogido entre las hondonadas de las grandes colinas, con olas de verano que bailan hasta llegar a la estrecha cresta de guijarros y arbustos, que es lo que entienden en Italia por una playa. Oh, cómo desearía que pudieras verlo todo, madre querida, y que disfrutaras de la luz del sol que hace tan difícil de creer la fecha en la cabecera de esta carta. ¡Noviembre! El aire es como el de Inglaterra en junio, el sol es tan cálido que no puedo andar varios metros sin una sombrilla. ¡Y pensar que tú estás en Walworth mientras yo estoy aquí! Podría llorar ante el pensamiento de que quizá nunca veas esta encantadora costa, este mar maravilloso, estas flores de verano que florecen en invierno. Madre, hay un seto de geranios rosas bajo mi ventana, un frondoso seto, como si se tratara de flores silvestres, y rosas de Dijon trepan por los arcos y las cercas a largo de la terraza. ¡Un jardín de rosas floreciendo en noviembre! ¡Intenta imaginarlo!

Nunca podrías concebir los lujos de este hotel. Es prácticamente nuevo y ha sido construido y decorado sin reparar en gastos. Nuestras habitaciones están tapizadas en satén azul claro que resaltan el apergaminado cutis de *lady* Ducayne; pero como ella se pasa todo el día sentada en una esquina del balcón tomando el sol, a excepción de cuando está en su carruaje y, por las tardes, se sienta en su sillón cerca del fuego y nunca ve a nadie más que a sus criados, la verdad es que importa muy poco cómo sea su cutis.

Ella ocupa la *suite* más distinguida del hotel. Mi dormitorio está dentro de esa misma *suite* y es de lo más encantador, todo en satén azul y encaje blanco; el mobiliario está lacado en blanco; hay espejos en todas las paredes, conozco mi pequeño perfil como nunca antes. El cuarto estaba destinado en realidad a ser el vestidor de *lady* Ducayne, pero ella ordenó que convirtieran uno de los sofás de satén azul en una cama para mí y es la camita más bonita del mundo. La puedo llevar cerca de la ventana en las mañana soleadas ya que tiene ruedecitas que me permiten moverla con facilidad.

Me parece como si *lady* Ducayne fuera una peculiar abuelita que ha aparecido de repente en mi vida, muy, muy rica y muy, muy amable. No es estricta en absoluto. Le leo en voz alta durante bastante rato, y ella suele adormecerse y cabecear mientras lo hago. A veces la oigo quejarse en sueños, como si tuviera pesadillas. Cuando se cansa de mi lectura, le ordena a Francine, su doncella, que le lea una novela en francés, y la escucho reírse entre dientes o quejarse de vez en cuando, como si estuviera más interesada en esos libros que en Dickens o Scott. Mi francés no es lo suficientemente bueno como para seguir a Francine, quien lee muy deprisa.

Tengo mucha libertad, ya que *lady* Ducayne me insta a menudo a que salga y me entretenga. Vago por las colinas durante horas, todo es tan encantador. Me pierdo entre olivos, siempre caminando hacia arriba, hacia los bosques de pinos. Más allá hay montañas nevadas pero apenas se ven sus blancas cimas sobre las oscuras colinas. Oh, mi pobre y querida madre, ¿cómo puedo hacerte entender cómo es este lugar? Tú, cuyos pobres y cansados ojos solo pueden mirar hacia el otro lado de la calle Beresford. Algunas veces, no me aventuro más allá de la terraza enfrente del hotel que es el lugar de descanso favorito de todo el mundo. Los jardines se encuentran más abajo junto con las pistas de tenis donde a veces juego con una joven muy agradable, la única persona del hotel con la que he trabado amistad. Tiene un año más que yo y ha venido a Cap Ferrino con su hermano, un médico, o un estudiante de medicina. Lotta me ha dicho que aprobó su examen de licenciatura en Edimburgo justo antes de que partieran. Él ha venido a Italia solo para acompañar a su hermana quien tuvo un problemático ataque al corazón el verano pasado y le prescribieron pasar el invierno en el extranjero. Son huérfanos, completamente solos en el mundo y se quieren mucho el uno al otro. Tengo mucha suerte de tener una amiga como Lotta. Es completamente respetable. No puedo evitar usar esa palabra porque hay otras chicas en el hotel que se comportan de una manera que te haría estremecer. A Lotta la crio una tía de ella en el campo y apenas sabe nada de la vida. Su hermano no le permite que lea una novela, francesa o inglesa, si él no la ha leído antes y le ha dado su visto bueno. «Me trata como a una niña», me dijo una vez, «pero no me importa, porque es agradable saber que alguien me quiere y se preocupa por lo que hago, incluso por lo que pienso».

Quizá esta es la razón que hace que algunas chicas estén tan ansiosas por casarse: el deseo de tener a alguien fuerte, valiente, honesto y fiel a quien querer y quien les diga qué hacer. Yo no quiero a nadie, madre querida, porque te tengo a ti, y tú eres el mundo para mí. Ningún marido podría interponerse entre nosotras. Si alguna vez me casara, él solo ocuparía un segundo lugar en mi corazón. Pero no creo que vaya a casarme nunca, o incluso a saber lo que es tener una propuesta de matrimonio. Hoy en día ningún joven puede permitirse desposarse con una muchacha sin dinero. La vida es demasiado cara.

El señor Stafford, el hermano de Lotta, es un hombre muy listo y muy amable. Cree que es bastante duro para mí tener que vivir con una señora tan mayor como *lady* Ducayne, pero él desconoce lo pobres que somos nosotras, tú y yo, y lo maravillosa que esta vida me resulta en este lugar encantador. Me siento como una desdichada egoísta por estar disfrutando de todos estos lujos mientras tú, que los quieres incluso más que yo, no tienes ninguno y apenas sabes cómo son, ¿verdad, querida? Porque el bribón que tengo por padre empezó a apostar poco después de vuestro matrimonio y, desde entonces, la vida no ha sido más que preocupación y lucha para ti.

Esta carta fue escrita cuando Bella llevaba en Cap Ferrino menos de un mes, antes de que la novedad del paisaje se desvaneciera y los placeres del lujo empezaran a empalagarla. Escribía cartas a su madre todas las semanas; eran unas cartas largas, como tan solo pueden escribir las muchachas que tienen una relación estrecha con su madre, y eran como un diario de la mente y el corazón. Siempre escribía con alegría, pero cuando comenzó el nuevo año, la señora Rolleston se percató de que una nota de melancolía se dejaba entrever bajo las animadas descripciones de las personas y los lugares.

«Mi pobre niña tiene nostalgia», pensó. «Su corazón está en la calle Beresford».

También podía ser que Bella echara de menos a su nueva amiga y compañera, Lotta Stafford, quien se había ido con su hermano de viaje por Génova y La Spezia hasta Pisa. Iban a regresar antes de febrero, pero entre tanto, era natural que Bella se sintiera muy sola entre aquellos extraños cuyas maneras y modales tan bien había descrito.

El instinto de su madre había estado acertado. Bella no era tan feliz como había sido en ese primer estallido de maravilla y deleite producido por el cambio de Walworth por la Riviera. De alguna manera, no sabía cómo, un letargo se había instalado en su interior. Ya no le gustaba trepar por las colinas, ya no enarbolaba su bastón naranja con pura felicidad mientras sus ligeros pies saltaban sobre el duro terreno y la áspera hierba de la ladera de la montaña. El aroma a romero y a tomillo y la primera bocanada fresca del mar ya no la llenaban de embeleso. Pensaba en la calle Beresford y en el rostro de su madre con una enfermiza añoranza. ¡Estaban tan, tan lejos! Y luego pensaba en *lady* Ducayne, sentada frente a la chimenea en el recalentado salón; el recuerdo de ese rostro que parecía una nuez marchita y de esos ojos relucientes la llenaba de un horror insuperable.

Varios huéspedes del hotel le habían dicho que el aire de Cap Ferrino era relajante, más adecuado para la vejez y la enfermedad que para la juventud y la salud. Esto era así sin ninguna duda. No se encontraba tan bien como había estado en Walworth, pero se decía a sí misma que solo sufría por la separación de la compañera más amada de su infancia, de la madre que había sido enfermera, hermana, amiga, aduladora, todo su mundo. Había derramado muchas lágrimas por esa separación y había pasado demasiadas horas melancólicas en la terraza de mármol con los ojos anhelantes puestos en el oeste y con su corazón a miles de kilómetros de distancia.

Un día estaba sentada en su rincón favorito, una tranquila esquina resguardada por unos naranjos en el lado oriental de la terraza, cuando oyó a un par de habituales de la Riviera, sentados en un banco contra la pared de la terraza, que charlaban en el jardín inferior. Ella no había tenido ninguna intención de prestar atención a su conversación hasta que oyó mencionar el nombre de *lady* Ducayne y entonces se dispuso a escuchar sin culpa alguna. No estaban intercambiando secretos, solo hablaban de manera informal de una conocida del hotel. Eran dos personas ancianas a quienes Bella solo conocía de vista: un clérigo inglés, quien llevaba media vida pasando los inviernos en el extranjero, y una robusta y adinerada solterona, cuya bronquitis crónica la obligaban a emigrar cada año.

—La he visto en Italia durante los últimos diez años —decía la mujer—. Pero nunca he averiguado su edad.

—Yo le echo por lo menos cien años, ni uno menos —contestó el clérigo—. Sus recuerdos son todos del período de la Regencia[9]. Es evidente que en esa época ella se encontraba en su cénit. Y le he oído decir cosas que demuestran que formaba parte de la sociedad parisina en el mejor momento del Primer Imperio[10], antes de que Josefina[11] se divorciara.

—Ahora ya no habla tanto.

—No, no creo que le quede mucho tiempo de vida. Hace bien en recluirse. Solo me pregunto cómo ese viejo matasanos retorcido, su médico italiano, no ha acabado con ella hace años.

—Yo creo que es al revés, y que lo que él hace es mantenerla con vida.

---

[9] Hace referencia al período en el Reino Unido entre 1811 y 1820, cuando el rey Jorge III fue considerado no apto para gobernar y su hijo Jorge IV fue instalado por la Regencia como príncipe. Puede ser considerado como un período de transición entre las épocas georgiana y victoriana.

[10] Primer Imperio francés de Napoleón Bonaparte entre 1804 y 1814.

[11] Joséphine de Beauharnais (1763-1814) fue la primera esposa de Napoléon I y la primera Emperatriz de Francia.

—Mi querida señorita Manders, ¿cree que los matasanos extranjeros han mantenido a alguien con vida alguna vez?

—Bueno, ahí está ella, y nunca va a ninguna parte sin él. Cierto es que él tiene un semblante desagradable.

—Desagradable —repitió el clérigo—. No creo que el mismísimo demonio pueda superarle en fealdad. Me compadezco de esa pobre joven que tiene que vivir entre la vieja *lady* Ducayne y el doctor Parravicini.

—Pero la anciana señora trata muy bien a sus acompañantes.

—Sin duda. Es muy generosa con su dinero, sus sirvientes la llaman la buena *lady* Ducayne. Ella es una vieja y marchita Creso[12] con forma de mujer, sabe que nunca será capaz de gastarse todo su dinero y no le gusta la idea de que lo disfrute otra gente mientras ella está en el ataúd. Las personas que viven tanto como ella se convierten en esclavos de la vida. Me atrevería a decir que es generosa con esas pobres muchachas pero no puede hacerlas felices. Ellas mueren a su servicio.

—No diga «ellas», señor Carton; solo conozco a esa pobre niña que murió en Mentone la primavera pasada.

—Sí, y otra pobre niña murió en Roma hace tres años. Yo estaba allí entonces. La buena *lady* Ducayne la dejó con una familia inglesa. La chica disponía de todas las comodidades y la anciana fue muy generosa con ella, pero aun así terminó muriendo. Se lo digo, señorita Manders, no es bueno para ninguna joven

[12] Creso fue el último rey de Lidia (560-546 a. C.). Debido a la gran riqueza y prosperidad de su país se decía de él que era el hombre más rico de su tiempo.

vivir con semejantes horrores como *lady* Ducayne y Parravicini.

Hablaron de otras cosas pero Bella ya no les escuchaba. Permaneció sentada, inmóvil. Un frío viento pareció descender sobre ella desde las montañas y desde el mar, y se echó a temblar, allí, al sol, al amparo de los naranjos y en mitad de toda aquella belleza y luminosidad.

Sí, ciertamente, ambos eran peculiares: ella, tan parecida a una bruja aristocrática en su avanzada edad; él, de edad indefinida, con un rostro que se parecía más a una máscara de cera que a cualquier semblante humano que Bella hubiera visto jamás. ¿Qué importaba? La senectud es venerable y merecedora de toda reverencia, y *lady* Ducayne había sido muy buena con ella. El doctor Parravicini era un académico inofensivo que apenas levantaba la mirada de los libros que leía. Disponía de una sala de estar privada en la que llevaba a cabo experimentos químicos y de ciencias naturales, quizá alquimia. ¿Qué podría importarle aquello a Bella? Él siempre había sido educado con ella, a su distante manera. Ella no podría estar mejor colocada que como estaba, en este hotel palaciego con esta anciana señora rica.

Sin duda echaba de menos a su joven y simpática amiga inglesa, y puede que también al hermano de esta, ya que el señor Stafford había hablado con ella durante largos ratos, se había interesado en los libros que leía y en las formas que tenía de pasar el tiempo cuando no tenía que trabajar.

«Debe venir a nuestro pequeño salón cuando esté "libre", como suelen decir las enfermeras del hospital, y podemos escuchar algo de música. ¿Sin duda toca y canta?», la invitaba, ante lo cual Bella debía reconocer con un sonrojo de vergüenza que había olvidado cómo tocar el piano hacía mucho tiempo. «Madre y yo solíamos cantar dúos de vez en cuando sin acompañamiento», decía, y las lágrimas acudían a sus ojos mientras recordaba la humilde habitación, la media hora de descanso, la máquina de coser en el lugar donde debería haber estado el piano, y la conmovedora voz de su madre, tan dulce, tan honesta, tan querida.

A veces se sorprendía preguntándose si alguna vez volvería a ver a su adorada madre. Extraños presentimientos ocupaban su mente y se enfadaba consigo misma por ceder ante pensamientos tan melancólicos.

Un día preguntó a la doncella francesa de *lady* Ducayne sobre esas dos acompañantes que habían muerto en los últimos tres años.

—Eran criaturas pobres, débiles —le contestó Francine—. Parecían lo bastante frescas y radiantes cuando acudieron a *milady* por primera vez, pero comían mucho y eran perezosas. Murieron de lujo y holgazanería. *Milady* fue demasiado amable con ellas. No tenían nada que hacer así que empezaron a imaginarse cosas: se creían que el aire no les sentaba bien, que por eso no podían dormir.

—Yo duermo bastante bien, pero he tenido un sueño extraño varias veces desde que estoy en Italia.

—Ah, mejor no empieces a pensar en los sueños o serás como esas otras chicas. Eran unas soñadoras, y sus sueños las terminaron llevando al cementerio.

Lo cierto era que este sueño la preocupaba ligeramente, no porque fuera espantoso o aterrador, sino debido a las sensaciones que le provocaba y que nunca antes había tenido mientras dormía: un zumbido de engranajes que daba vueltas en su cerebro, un fuerte sonido como un vendaval pero rítmico como el tictac de un reloj gigantesco; y en medio de este clamor de vientos y olas, parecía hundirse en un abismo de inconsciencia, fuera del sueño pero dentro de otro sueño aún más profundo, una extinción total. Y entonces, después de ese negro intervalo, le llegaban el sonido de voces, y de nuevo el zumbido de engranajes, cada vez más alto, para después caer nuevamente en la negrura de la que no salía hasta la mañana siguiente, cuando despertaba extenuada y abatida.

Un día le había hablado de su sueño al doctor Parravicini, la única vez que necesitó su consejo profesional. Antes de Navidad había sufrido mucho a causa de los mosquitos y se había asustado un poco al encontrar una herida en su brazo que solo podía atribuir al venenoso aguijón de uno de esos torturadores. Parravicini se puso sus gafas y escrudiñó la rabiosa marca sobre el pálido y redondeado brazo, mientras Bella permanecía de pie frente a él y *lady* Ducayne con la manga subida por encima del codo.

—Sí, no es cosa de broma —dijo el médico—. Le ha cogido justo encima de una vena. ¡Vaya vampiro! Pero no hay daño alguno, *signorina*, nada que un pequeño vendaje de los míos no pueda curar. Siempre debe mostrarme picaduras de estas características porque podría ser peligroso ignorarlas. Estas criaturas se alimentan de veneno y lo propagan.

—Y pensar que unas criaturas tan pequeñas pueden morder de esta manera —repuso Bella—. Mi brazo parece como si lo hubieran cortado con un cuchillo.

—Si pudiera ver el aguijón del mosquito bajo la lente de mi microscopio eso no le sorprendería tanto —replicó Parravicini.

Bella tuvo que soportar las picaduras de mosquito, incluso las que estaban encima de una vena y producían aquella fea herida. Las heridas aparecían de vez en cuando, aunque Bella notó que los vendajes del doctor Parravicini las curaban con rapidez. Si él era un matasanos, como lo llamaban sus enemigos, al menos tenía una mano diestra y un tacto delicado a la hora de llevar a cabo esta pequeña operación.

De Bella Rolleston a la señora Rolleston.
14 de abril.

Querida mía:

Admira el cheque por el pago de mi salario del segundo trimestre; veinticinco libras. Ahora no hay nadie que rasque diez libras de comisión como la última vez, así que es todo para ti, madre. Todavía tengo dinero de bolsillo más que suficiente del efectivo que traje conmigo, cuando tú insististe en que me quedara más de lo que quería. Aquí no es posible gastar dinero, con excepción de la ocasional propina a los criados o algún céntimo dado a niños o a vagabundos, a no ser que se tenga muchísimo dinero para gastar en todo lo que una quisiera comprar: conchas de tortuga, corales; el encaje es tan terriblemente caro que solo un millonario debería considerar adquirirlo. Italia es un sueño de belleza, pero para comprar prefiero la calle Newington.

Me preguntas con tanta insistencia si estoy bien que me temo que mis últimas cartas han debido ser poco expresivas. Sí, querida, estoy bien, pero no me siento tan fuerte como me sentía cuando solía recorrer todo el camino hasta el West End solo para adquirir media onza de té, o hasta Dulwich[13] para contemplar los cuadros. Italia es relajante y siento lo que aquí llaman «flojera». Me imagino tu cara de preocupación al leer esto. Te aseguro y te vuelvo a asegurar que no estoy enferma. Solo estoy un poco cansada de este encantador paisaje, como supongo que uno se cansaría de contemplar una obra de Turner si siempre estuviera colgada en la pared de enfrente. Pienso en ti cada hora de cada día. Pienso en ti y en nuestra pequeña y modesta habitación, nuestro querido y desgastado estudio con los sillones rescatados de tu antigua casa y con Dick cantando en su jaula por encima del ruido de la máquina de coser. El querido y estridente Dick, nos volvía locas pero

[13] La Galería Dulwich, es una galería de arte situada al sur de Londres diseñada por el arquitecto *sir* John Soane y fue inaugurada en 1817, lo que la convierte en la galería de arte pública más antigua de Inglaterra. Actualmente continúa abierta y acoge una significante colección de obras de los siglos XVII y XVIII.

nos quiere con pasión. Por favor, dime en tu próxima carta que se encuentra bien.

Mi amiga Lotta y su hermano no regresaron después de todo, fueron de Pisa a Roma. ¡Felices mortales! Van a ir a los lagos italianos en mayo aunque cuando Lotta me escribió todavía no tenían decidido a cuales. Ha sido una amiga por correspondencia encantadora y me ha confiado todos sus pequeños flirteos. Vamos a ir todos a Bellagio la semana que viene, por Génova y Milán, ¿no es estupendo? *Lady* Ducayne prefiere viajar por las rutas más comunes excepto cuando está encerrada en el tren de lujo. Pararemos dos días en Génova y uno en Milán. ¡Cómo te voy a aburrir cuando vuelva con toda la charla de Italia!

Con mucho cariño de tu adorada Bella.

IV

Herbert Stafford y su hermana habían hablado a menudo de la hermosa chica inglesa de semblante fresco que aportaba un agradable toque rosado entre los cetrinos rostros del Grand Hotel. El joven doctor pensaba en ella con compasiva ternura: su completa soledad en aquel enorme hotel abarrotado de desconocidos, su servidumbre a aquella señora tan anciana mientras todos los demás solo pensaban en disfrutar de la vida. Era un destino duro, la pobre criatura estaba evidentemente muy unida a su madre y sentía el dolor de la separación.

«Solamente ellas, y muy pobres, con todo el mundo solo para ellas», pensaba.

Lotta le dijo una mañana que iban a encontrarse de nuevo en Bellagio:

—La vieja y su séquito llegarán antes que nosotros. Me hace mucha ilusión ver a Bella otra vez. Es tan radiante y alegre, a pesar de que a veces se ponga nostálgica. Nunca había congeniado tanto con ninguna chica en tan poco tiempo.

—Me gusta más cuando está nostálgica —contestó Herbert—. Porque así estoy seguro de que tiene corazón.

—¿Qué te importarán a ti los corazones más que para que las disecciones? No te olvides de que Bella es absolutamente pobre. Me dijo en confidencia que su madre confecciona mantos para una tienda del West End. Con dificultad puedes estar en un escalón más bajo que ese.

—No pensaría peor de ella si su madre se dedicara a hacer cajas de cerillas.

—No de manera abstracta, claro que no. Hacer cajas de cerillas es una labor honesta. Pero no podrías casarte con una chica cuya madre hace mantos.

—Todavía no hemos llegado a considerar esa pregunta —contestó Herbert, a quien le gustaba provocar a su hermana.

En dos años de prácticas en el hospital había visto demasiadas de las más lúgubres realidades de la vida como para retener algún prejuicio de clase. El cáncer, la tuberculosis o la gangrena dejan a un hombre con escaso respeto por las diferencias exteriores en las que difieren las cáscaras de la humanidad. El núcleo siempre es el mismo, hecho de manera temerosa y extraordinaria y está sujeto a la pena y al terror.

El señor Stafford y su hermana llegaron a Bellagio en una clara tarde de mayo. El sol se escondía mientras el barco de vapor se acercaba al muelle; y toda la gloria de ese púrpura rubor que cubre las paredes en esta época del año se intensificó en la brillante luz. Un grupo de mujeres estaba de pie sobre el embarcadero observando las llegadas, y entre ellas, Herbert divisó un pálido rostro que lo sacó de su habitual compostura.

—Ahí está —murmuró Lotta detrás de su hombro—. Pero está terriblemente cambiada. Tiene un aspecto espantoso.

Mientras se estrechaban las manos unos minutos más tarde, un ligero rubor iluminó el demacrado rostro de Bella gracias al placer del reencuentro.

—Pensé que llegaríais esta tarde —dijo—, nosotros llevamos aquí una semana.

No añadió que había estado allí cada tarde, y también varias veces durante el día, para observar cada barco que entraba. El Grand Bretagne estaba cerca y le había resultado fácil escabullirse hacia el muelle cada vez que sonaba la campana que anunciaba un barco. Sentía tal alegría al encontrarse de nuevo con estas personas… era la sensación de estar entre amigos, una confianza que toda la bondad de *lady* Ducayne nunca había inspirado.

—Oh querida, pobre de ti, ¡has tenido que estar muy enferma! —exclamó Lotta mientras la abrazaba. Bella trató de responder pero sus lágrimas ahogaron su voz—. ¿Qué ha sido, querida? Imagino que esa horrible gripe.

—No, no, no he estado enferma. Tan solo me he sentido un poco más débil que de costumbre. Creo que el aire de Cap Ferrino no me sentaba bien.

—Te ha sentado abominablemente. Nunca había visto semejante cambio en nadie. Deja que Herbert te examine; sabes que está cualificado. Ha atendido a multitud de pacientes con gripe en el hospital Londres donde estuvieron contentos de recibir el consejo amistoso de un doctor inglés.

—¡Estoy segura de que debe ser muy inteligente! —farfulló Bella—. Pero en verdad no sucede nada. No estoy enferma y, si lo estuviera, el médico de *lady* Ducayne…

—¿Ese espantoso hombre con el rostro amarillento? Sería como si me atendiera uno de los Borgia. Espero que no te hayas tomado ninguna medicina que te haya recomendado.

—No, querida, no he tomado nada. Nunca me he quejado de sentirme enferma.

Hablaron de todo esto mientras caminaban hacia el hotel. Las habitaciones de los hermanos Stafford habían sido reservadas con antelación; eran unas bonitas estancias en el piso inferior que se abrían a los jardines. Los aposentos de *lady* Ducayne, más majestuosos, se encontraban en el piso superior.

—Me parece que estas habitaciones están justo debajo de las nuestras —comentó Bella.

—Entonces te resultará más sencillo escabullirte escaleras abajo para reunirte con nosotros —respondió Lotta, lo cual no era realmente el caso ya que la gran escalera se encontraba en el centro del hotel.

—Oh, será sencillo sin lugar a dudas —dijo Bella—, pero me temo que vosotros tendréis muchos compromisos. *Lady* Ducayne duerme la mayor parte del día debido al cálido clima así que yo tengo una gran cantidad de tiempo libre. Me desanimo mucho pensando en madre y en mi hogar.

Su voz se quebró al decir la última palabra. No pensaría con más ternura de aquel mísero alojamiento al que llamaba hogar que si este hubiera sido creado con el mayor arte y las mayores riquezas del mundo. Lloraba y se lamentaba en aquel encantador jardín, con el lago iluminado por el sol y las románticas colinas que extendían su belleza delante de sus ojos. Sentía añoranza de su hogar y tenía sueños, o mejor dicho, tenía la misma pesadilla recurrente con todas sus extrañas sensaciones. Era más una alucinación que un sueño: el zumbido de engranajes, el hundimiento en el abismo, la lucha para recobrar la consciencia. Había tenido el sueño poco antes de dejar Cap Farrino pero no desde que habían llegado a Bellagio y Bella comenzaba a confiar en que el aire de aquella zona de los lagos era más apropiado para ella y que aquellas extrañas sensaciones nunca regresarían.

El señor Stafford le prescribió un medicamento y lo mandó hacer en una farmacia cercana al hotel. Era un tónico poderoso y, después de tomarse dos botellas, de remar en el lago y de dar paseos por las colinas y los prados donde las flores de primavera parecían convertir la tierra en el paraíso, el aspecto y el ánimo de Bella mejoraron como por arte de magia.

—Es un tónico maravilloso —decía, pero en su corazón quizá sabía que la amable voz del doctor y su mano amistosa que la ayudaban a subir y a bajar de la barca, y el atento cuidado con el que la acompañaba por los montes y por el lago también tenían algo que ver con su curación.

—Confío en que no olvides que su madre hace mantos —le advertía Lotta.

—O cajas de cerillas; es la misma cosa en lo que a mí respecta.

—¿Quieres decir que bajo ninguna circunstancia piensas en casarte con ella?

—Quiero decir que si alguna vez amara a una mujer lo suficiente como para pensar en desposarla, las riquezas o la clase social no me afectarían lo más mínimo. Pero me temo, me temo que tu pobre amiga no vaya a vivir lo suficiente para convertirse en la esposa de ningún hombre.

—¿Tan enferma crees que está?

Él suspiró y no contestó a la pregunta de su hermana.

Un día, mientras recogían jacintos en uno de los elevados prados, Bella le contó su pesadilla al señor Stafford.

—Tan solo es curioso porque casi no parece un sueño —dijo—. Me atrevería a decir que se podría encontrar una razón con sentido común para explicarlo como la posición de mi cabeza en la almohada, la atmósfera y cosas así.

Y entonces le describió lo que sentía. Cómo, en mitad del sueño, aparecía una repentina sensación de ahogo y después esos engranajes que zumbaban, tan altos, tan terribles para pasar a un vacío total y, por último, despertar a la conciencia.

—¿Alguna vez le han dado cloroformo? ¿En el dentista, por ejemplo?

—Nunca. El doctor Parravicini me hizo la misma pregunta un día.

—¿Recientemente?

—No, hace mucho, cuando estábamos en el tren.

—¿El doctor Parravicini te ha recetado algún medicamento desde que comenzó a sentirse débil y enferma?

—Oh, me ha dado algún tónico de vez en cuando, pero odio las medicinas y siempre tomo muy poco. Y además, no estoy enferma, solo más débil de lo que solía estar. Cuando vivía en Walworth era una persona muy fuerte y sana, y daba largos paseos todos los días. Mi madre me obligaba a caminar hasta Dulwich o Norwood, temerosa de que me resintiera por estar todo el día con la máquina de coser. Alguna vez, aunque no demasiadas, ella me acompañaba. Pero lo habitual era que madre estuviera trabajando duro en casa mientras yo disfrutaba del aire fresco y del ejercicio. Y siempre fue muy cuidadosa con nuestra alimentación, no importaba lo sencilla que fuera, siempre debía ser nutritiva y variada. Le debo a sus cuidados que yo me convirtiera en una criatura tan fuerte.

—Ahora no pareces fuerte en absoluto, querida mía —repuso Lotta.

—Me temo que Italia no me sienta bien.

—Quizá no es Italia lo que te hace enfermar, sino estar enjaulada con *lady* Ducayne.

—Pero nunca estoy enjaulada. *Lady* Ducayne es amable en extremo y me deja que vagabundee o que me siente en el balcón todo el día si lo prefiero. He leído más novelas desde que estoy con ella que en toda mi vida.

—Entonces ella es muy diferente de las demás señoras mayores, quienes habitualmente son unas tiranas —replicó Stafford—. Me pregunto por qué lleva consigo una acompañante si casi no hace vida en sociedad.

—Oh, solo soy una parte de sus propiedades. Es desmesuradamente rica y el salario que me da es una minucia para ella. Y en cuanto al doctor Parravicini, sé que es un doctor inteligente, ya que me ha curado mis terribles picaduras de mosquito.

—Un poco de amoníaco es suficiente, nada más se haya producido la picadura. Pero ahora no hay mosquitos que te puedan molestar.

—Oh, sí que los hay. Tuve una picadura justo antes de dejar Cap Ferrino.

Se levantó su holgada manga y exhibió una cicatriz, que él examinó con atención y con una mirada sorprendida y confusa.

—Esto no es una picadura de mosquito —sentenció.

—Claro que lo es, a no ser que haya serpientes o víboras en Cap Ferrino.

—Eso no es una picadura en absoluto. No puede hablar en serio. Señorita Rolleston, ha permitido que ese maldito matasanos italiano le sangre. Recuerde que mataron al hombre más grande de la Europa moderna de esa manera. Que ingenuo por su parte.

—No me han sangrado en mi vida, señor Stafford.

—¡Tonterías! Déjeme ver su otro brazo. ¿Tiene más picaduras de mosquito?

—Sí, el doctor Parravicini dice que mi piel cicatriza mal. El veneno me afecta de una manera más virulenta que a otras personas.

Stafford le examinó ambos brazos a la brillante luz del sol, las cicatrices nuevas y las antiguas.

—Señorita Rolleston, ha sido picada de muy mala manera —dijo—, y si alguna vez encuentro al mosquito en cuestión le daré su merecido. Pero ahora dígame, mi querida niña, por su honor, dígame como se lo diría a un amigo que se preocupa de verdad por su salud y su felicidad, como se lo diría a su madre si ella estuviera aquí para preguntárselo, ¿tiene algún conocimiento de otra causa para estas cicatrices aparte de las picaduras de mosquito? ¿Alguna sospecha incluso?

—¡Claro que no! ¡No, por mi honor! Nunca he visto a un mosquito picándome el brazo, una nunca ve a esos pequeños y horribles demonios. Pero les he oído moverse detrás de las cortinas, y sé que a menudo he tenido a uno de los pestilentes desgraciados zumbando a mi alrededor.

Más tarde ese mismo día, Bella y sus amigos tomaron el té en el jardín mientras *lady* Ducayne daba su paseo de las tardes en coche acompañada por su médico.

—¿Cuánto tiempo planea trabajar para *lady* Ducayne, señorita Rolleston? —preguntó Herbert Stafford después de un pensativo silencio e interrumpiendo la trivial charla de las dos muchachas.

—Mientras ella me siga pagando veinticinco libras el trimestre.

—¿Incluso si su salud se resiente a su servicio?

—No es el servicio lo que ha afectado a mi salud. Puedes ver que no tengo nada que hacer, tan solo leer en voz alta durante una hora, una o dos veces a la semana o escribir una carta a algún comerciante de Londres de vez en cuando. Nunca tendré otro trabajo así de sencillo. Y nadie me pagará cien libras al año.

—¿Así que pretende continuar hasta que se desmorone? ¿Hasta que muera en su puesto?

—¿Cómo las dos otras acompañantes? ¡No! Si alguna vez me siento gravemente enferma cogeré un tren y volveré a Walworth sin hacer ninguna parada.

—¿A qué se refiere con lo de las otras dos acompañantes?

—A las dos que murieron. Fue muy desafortunado para *lady* Ducayne. Por eso me eligió a mí, porque era fuerte y robusta. Se deberá sentir bastante disgustada porque me he vuelto pálida y débil. Por cierto, cuando le hablé sobre el magnífico tónico que me recetó, me dijo que le gustaría verle y hablar con usted sobre su propia salud.

—A mí también me gustaría ver a *lady* Ducayne. ¿Cuándo dijo eso?

—Antes de ayer.

—¿Le preguntará si podría recibirme esta tarde?

—Por supuesto. Me pregunto qué pensará de ella. Ante los ojos de un extraño tiene un aspecto terrible, pero el doctor Parravicini dice que una vez fue una célebre belleza.

Eran casi las diez cuando el señor Stafford recibió el mensaje de *lady* Ducayne, cuyo mensajero tenía instrucciones de acompañarlo hasta los salones de su señoría.

Bella estaba leyendo en voz alta cuando el visitante fue recibido, y este pudo darse cuenta de la languidez en su bajo y suave tono, y de su evidente esfuerzo.

—Cierra el libro —ordenó una anciana y quejumbrosa voz—. Estás empezando a arrastrar las palabras como la señorita Blandy.

Stafford distinguió una pequeña figura encorvada cerca de la pila de troncos de olivo que ardía en la chimenea, una encogida y anciana silueta dentro de un magnífico vestido con brocados negros y carmesíes. Una delgada garganta emergía de una masa de encajes venecianos sujetos por diamantes que resplandecían como luciérnagas mientras la vetusta y tambaleante cabeza se giraba hacia él.

Los ojos que se posaron sobre los suyos eran casi tan brillantes como los diamantes y lo único viviente en aquella estrecha máscara apergaminada. Él había visto rostros terribles en el hospital, rostros en los que la enfermedad había dejado espantosas marcas, pero nunca había contemplado una cara que lo hubiera impresionado como lo hacía este semblante marchito, con el indescriptible horror que le otorgaba el haber sobrevivido a la muerte, un rostro que debería estar escondido bajo la tapa de un ataúd desde hacía muchos años.

El doctor italiano, de pie al otro lado de la chimenea fumaba un cigarrillo mientras miraba a la pequeña y anciana mujer, cabizbaja sobre el hogar, como si estuviera orgulloso de ella.

—Buenas noches, señor Stafford. Bella, puedes retirarte a tu habitación para escribir la sempiterna carta a tu madre en Walworth —dijo *lady* Ducayne —. Creo que escribe una página por cada flor silvestre que descubre en los bosques y prados. No sé sobre qué otras cosas puede escribir —añadió mientras Bella se retiraba en silencio al pequeño y bonito dormitorio junto a los espaciosos aposentos de *lady* Ducayne. Aquí, al igual que en Cap Ferrino, dormía en una habitación anexa a la de la anciana señora.

—Es usted un hombre de medicina, señor Stafford, por lo que tengo entendido.

—Soy médico, pero todavía no he empezado a ejercer.

—Ha empezado a ejercer sobre mi acompañante, según me ha contado ella.

—Le he prescrito un medicamento, ciertamente. Y me alegra que mi medicina le haya hecho bien. Sin embargo, creo que esa mejora es temporal. Su caso requerirá un tratamiento más drástico.

—No se preocupe por su caso. No le sucede nada a la chiquilla, absolutamente nada, excepto tonterías de niñas. Demasiada libertad y poco trabajo.

—Tengo entendido que dos de las anteriores acompañantes de su señoría murieron de la misma dolencia —replicó Stafford mientras miraba primero a *lady* Ducayne, quien hizo un impaciente movimiento con su trémula cabeza, y luego a Parravicini, cuyo cetrino semblante había palidecido ligeramente bajo el escrutinio de Stafford.

—No me moleste con mis acompañantes, señor —contestó *lady* Ducayne—. Lo he mandado llamar para consultarle sobre mí, no sobre un montón de muchachas anémicas. Usted es joven y la medicina es una ciencia en constante progreso según dicen los periódicos. ¿Dónde ha estudiado?

—En Edimburgo y en París.

—Dos buenas escuelas. ¿Y conoce todas las teorías actuales, los descubrimientos modernos que recuerdan a la brujería medieval, a Alberto Magno[14] y a George Ripley[15]. ¿Ha estudiado el hipnotismo? ¿La electricidad?

—Y la trasfusión de sangre —repuso Stafford con lentitud sin dejar de mirar a Parravicini.

—¿Ha hecho algún descubrimiento que le enseñe a prolongar la vida humana? ¿Algún elixir o tratamiento? Quiero que mi vida se alargue, joven. Este hombre de aquí ha sido mi médico durante treinta años. Hace todo lo que puede para mantenerme con vida dentro de sus posibilidades. Estudia todas las nuevas teorías de todos los científicos, pero es viejo, y se hace más viejo cada día. El poder de su cerebro se debilita; es intolerante y prejuicioso, no acepta nuevas ideas, no puede luchar contra los nuevos sistemas. Me dejará morir si no me mantengo en guardia contra él.

—Sois de una ingratitud increíble, excelencia —dijo Parravicini.

—Oh, no hay necesidad de que te quejes. Te he pagado miles de libras para que me mantuvieras con vida. Cada uno de estos años ha engrosado tus reservas y sabes

[14] San Alberto Magno (1193/1206-1280) fue un sacerdote, obispo y doctor de la Iglesia; fue un destacado teólogo, geógrafo, filósofo y figura representativa de la química y, en general, un polímata de la ciencia medieval.

[15] George Ripley fue un famoso alquimista inglés del siglo XV.

que no hay nada esperándote cuando yo no esté. Dejaré toda mi fortuna a un hogar para buenas mujeres indigentes que hayan cumplido noventa años. Señor Stafford, soy una mujer rica. Deme unos cuantos años más al calor del sol, unos cuantos años más sobre esta tierra, y yo le daré lo que necesita para montar una consulta de renombre en Londres, lo colocaré en el West End.

—¿Cuántos años tiene, *lady* Ducayne?

—Nací el día que Luis XVI fue guillotinado.

—Entonces creo que ya ha tenido suficiente del calor del sol y de los placeres de esta tierra. Debería dedicar los días que le quedan a arrepentirse de sus pecados y a intentar redimirse por las jóvenes que ha sacrificado por su amor a la vida.

—¿Qué quiere decir con eso, señor?

—Oh, *lady* Ducayne, ¿necesito poner su maldad y la maldad aún mayor de su médico en llanas palabras? La robusta salud de la pobre muchacha que se encuentra ahora a su servicio ha sido reducida a una condición de absoluto peligro debido a la cirugía experimental del doctor Parravicini. Y no me cabe la menor duda de que esas otras dos jóvenes que se desmoronaron estando a su servicio fueron tratadas de la misma manera por él. Puedo encargarme de demostrar, con las pruebas más convincentes ante un jurado de médicos, que desde que ella empezó a trabajar para usted, el doctor Parravicini ha estado sangrando cada poco tiempo a la señorita Rolleston después de administrarle cloroformo. El deterioro de la salud de la chica habla por sí solo; las marcas de lanceta en sus brazos son inconfundibles, y su descripción de las sensaciones que ella llama sueño, apuntan inequívocamente a la administración de cloroformo mientras dormía. Es una práctica tan perversa, tan homicida, que si sale a la luz resultará en una condena tan severa como el castigo por asesinato.

—Me río —se burló Parravicini con un movimiento de sus delgados dedos—, me río de sus teorías y amenazas. Yo, Parravicini Leopold, no temo que la ley pueda cuestionar nada de lo que he hecho.

—¡Llévese a la muchacha! ¡No quiero saber nada más de ella! —gimió *lady* Ducayne con una anciana y delicada voz que tan poco correspondía al fuego y a la energía del malvado cerebro que guiaba su declaración—. Que vuelva con su madre. No quiero que otra muchacha muera a mí servicio. Hay muchachas de sobra en el mundo, Dios lo sabe.

—Si alguna vez vuelve a contratar a una acompañante o a tomar a otra chica inglesa a su servicio, haré que toda Inglaterra vibre con la historia de su crueldad.

—No quiero más chicas. No creo en los experimentos de Parravicini. Han estado llenos de peligros tanto para mí como para ellas; una burbuja de aire y habría acabado conmigo. He terminado con sus peligrosas prácticas. Encontraré algún hombre nuevo, uno mejor que usted, señor, un creador, como Pasteur[16] o Virchow[17],

[16] Louis Pasteur (1822-1895) fue un químico y bacteriólogo francés, cuyos descubrimientos tuvieron enorme importancia en diversos campos de las ciencias naturales, sobre todo en la química y microbiología. A él se debe la técnica conocida como pasteurización.

[17] Rudolf Ludwig Karl Virchow (1821-1902) fue un médico y político alemán. A menudo es considerado el «padre de la patología moderna» porque su trabajo ayudó a

un genio que me mantenga viva. Llévese lejos a su muchacha, joven. Cásese con ella si lo desea; le extenderé un cheque por mil libras. Déjela que se vaya y viva a base de ternera y cerveza, y que engorde y se fortalezca de nuevo. No participaré más de estos experimentos. ¿Me oyes, Parravicini? —chilló con crueldad; su cetrino y arrugado rostro distorsionado por la furia y los ojos echando chispas hacia el médico.

Los hermanos Stafford llevaron a Bella a Varese al día siguiente, a pesar de su reticencia a dejar a *lady* Ducayne, cuyo generoso salario le permitía ayudar a su madre en gran manera. Sin embargo, Herbert Stafford insistió en ello. Trataba a Bella de una manera aséptica, como si fuera su médico de familia y ella estuviera a su cargo por completo.

—¿Cree que su madre le dejaría que se quedara aquí para morir? —le preguntó—. Si la señora Rolleston supiera lo enferma que está, se apresuraría a venir hasta aquí para llevarla de vuelta.

—No volveré a estar bien de nuevo hasta que no vuelva a Walworth —replicó Bella, quien aquella mañana se encontraba desanimada y propensa a las lágrimas, en contraposición a su energía del día anterior.

—Antes probaremos a pasar una semana o dos en Varese —dijo Stafford—. Cuando puedas caminar casi hasta la cima del Monte Generoso sin palpitaciones, podrás volver a Walworth.

---

refutar la antigua creencia del humorismo. También es considerado uno de los fundadores de la medicina social y fue pionero del concepto moderno del proceso patológico al presentar su teoría celular.

—Pobre madre, qué contenta se pondrá al verme y cuánto lamentará que haya perdido una colocación tan buena.

Esta conversación tuvo lugar en el barco en el que abandonaron Bellagio. Lotta había acudido a la habitación de su amiga a las siete de aquella mañana, mucho antes de que los marchitos párpados de *lady* Ducayne se abrieran a la luz del día, incluso antes de que Francine, la doncella, se levantara. La había ayudado a meter lo imprescindible en una maleta y la había apremiado escaleras abajo y fuera del hotel antes de que Bella pudiera oponer resistencia.

—Todo está bien —le aseguró Lotta—. Herbert mantuvo una buena charla con *lady* Ducayne la noche pasada y quedó establecido que tú partieras esta mañana. Verás, a ella no le gustan las inválidas.

—No —suspiró Bella—, no le gustan las inválidas. Ha sido muy desafortunado que mi salud decayera tanto, igual que les pasó a la señorita Tomson y a la señorita Blandy.

—En cualquier caso, no estás muerta como ellas —respondió Lotta—. Y mi hermano dice que no vas a morir.

Y, a pesar de todo, a Bella le parecía algo bastante terrible ser despedida de improviso y de aquella manera, sin recibir una palabra de adiós de su empleadora.

—Me pregunto qué dirá la señorita Torpinter cuando vaya a pedirle otra colocación —especuló Bella con tristeza cuando desayunaba con sus amigos a bordo del barco de vapor.

—Puede que quizá no quieras tener una colocación nunca más —contestó Stafford.

—¿Te refieres a que puede que nunca esté lo suficientemente recuperada como para volver a ser de utilidad?

—No, no me refiero a eso en absoluto.

Fue en Varese después de cenar, cuando habían convencido a Bella de que tomara una copa entera de Chianti y ella se encontraba bastante animada ante lo desacostumbrado de aquel estimulante, que el señor Stafford sacó una carta del bolsillo.

—Olvidé darte la carta de despedida de *lady* Ducayne —dijo.

—¿Cómo? ¿Me escribió? ¡Qué alegría! Odié dejarla de aquella manera tan fría; después de todo, ella siempre fue muy buena conmigo y si no me agradaba era solo porque era una mujer espantosamente anciana.

Abrió el sobre; la carta era breve y concisa:

> *Adiós, chiquilla. Ve y cásate con tu doctor. Incluyo un regalo de despedida para tu ajuar.*
> *Adeline Ducayne.*

—¡Cien libras, el salario de un año! Pero no, espera, es… ¡un cheque por mil libras! —exclamó Bella—. ¡Qué alma tan generosa! Realmente es la más cariñosa.

—Ella tan solo obvió ser muy cariñosa contigo, Bella —dijo Stafford. Había comenzado a usar su nombre de pila mientras estaban en el barco, ya que le parecía algo natural ahora que ella estaba a su cargo hasta que los tres estuvieran de vuelta en Inglaterra.

—Me otorgaré a mí mismo los privilegios de un hermano mayor hasta que atraquemos en Dover —anunció—. Después de eso, bueno, será lo que tú desees.

La cuestión de sus futuras relaciones debió de solucionarse satisfactoriamente antes de que cruzaran el Canal, puesto que la siguiente carta de Bella a su madre comunicaba tres hechos sorprendentes:

Primero, que el cheque de mil libras incluido en la misma debía ser invertido en bonos a nombre de la señora Rolleston lo que se convertiría en su propia y principal fuente de ingresos durante el resto de su vida.

Segundo, que Bella regresaba a Walworth de manera inmediata.

Y tercero, que iba a desposarse con el señor Herbert Stafford el otoño siguiente.

«Y estoy segura de que lo adorarás, madre, tanto como lo hago yo», escribió Bella, «todo es gracias a la buena *lady* Ducayne. Nunca me hubiera casado si no hubiera podido asegurar estos ahorros para ti. Herbert dice que podremos aumentarlos en los años venideros y que allá donde vivamos siempre habrá una habitación en nuestro hogar para ti. La palabra "suegra" no esconde terrores para él».

Su última aparición

Capítulo I
Su tentación

—Es un canalla —dijo el caballero.

—Es mi marido —contestó la dama.

Las dos frases, cortas, procedían de corazones desgarrados y de labios pálidos de pasión.

—¿Es esa tu respuesta, Barbara?

—La única respuesta que Dios y hombre me verán darte.

—Él romperá tu corazón y derrochará todo tu dinero en sus deplorables vicios. ¡Te mantendrá encerrada en estas cochambrosas habitaciones mientras el resto de la ciudad delira sobre tu belleza y tu genio! Y tú, ¿no rectificarás, no escaparás?

—Sí —respondió ella con una mirada que lo estremeció—. Escaparé de él… en mi ataúd. Mis equivocaciones se rectificarán el día del juicio final.

—Barbara, él te está matando.

—¿No crees que esa es la mayor bondad que nunca me ha mostrado?

El caballero comenzó a andar distraídamente de un lado a otro de la habitación. La dama se giró hacia el alto y estrecho espejo que colgaba sobre la chimenea con una mirada peculiar, mitad apenada, mitad desdeñosa y contempló la belleza que se decía había hecho delirar a la ciudad.

¿Qué le mostraba aquel deslustrado espejo? Un pálido y menudo rostro, lánguido y demacrado por noches de estudio y por la pesada carga de la preocupación. Oscuras sombras alrededor de oscuros ojos. Pero ¡qué ojos! Parecían, en aquella luz del día, demasiado negros, grandes y brillantes para su pequeño y blanco rostro, pero por la noche, a las luces del teatro, con un toque de color y el genio ardiendo en ellos, eran los más resplandecientes y encandiladores ojos que el hombre jamás hubiera visto. O eso al menos decían los entendidos, Horace Walpole[18] entre ellos. Barbara Stowell era la última moda en el teatro Covent Garden.

---

[18] Horace Walpole (1717 1797) fue un escritor, historiador y anticuario inglés quien escribió la que se considera la primera novela gótica, *El castillo de Otranto*, publicada en 1764.

Era tan solo su segunda temporada en aquellas famosas tablas y su belleza y talento todavía tenían el rubor de la novedad. La ciudad nunca la había visto a la luz del día. Nunca iba en carruaje por el Anillo[19], ni se dejaba ver en las populares subastas de arte, ni desconcertaba a sus seguidores en los bailes de máscaras del Panteón[20], ni tomaba suero de leche[21] en el parque de St. James. En resumidas cuentas, la actriz no iba a ninguna parte y la ciudad se había inventado alrededor de veinte historias diferentes para explicar su recluida existencia. Y, sin embargo, nadie había adivinado la verdad, más triste que la mayoría de la deprimente ficción que flotaba sobre el ocioso riachuelo de los cotilleos de Londres. Barbara Stowell se mantenía apartada del mundo por tres razones: la primera, porque su marido era un tirano y un rufián y la había dejado sin un penique; la segunda, porque tenía el corazón roto; y la tercera, porque se estaba muriendo.

Solo ella conocía esta última. Ningún estetoscopio había auscultado ese doliente pecho; ningún doctor señorial, con monóculo, bastón de empuñadura de oro, carruaje y lacayo, había sido llamado para certificar en lenguaje científico el progreso de su destructor, pero Barbara Stowell sabía muy bien que sus días estaban contados y que a su vida no le quedaba mucho tiempo.

---

[19] El *London Inner Ring Road* o el anillo interior de Londres, es una ruta de diecinueve kilómetros formada por un gran número de las principales calles que rodean el centro de Londres.

[20] El Panteón era un lugar de entretenimiento público en la zona sur de la calle Oxford, diseñado por James Wyatt e inaugurado en 1772.

[21] Bebida que solía tomar la aristocracia de la época por sus propiedades beneficiosas para la salud.

No se encontraba en los primeros albores de su juventud. Hacía tres años no había sido más que la hija de un párroco rural; llevaba una vida pacífica, feliz y anónima en una aldea de Hertfordshire hasta que, con mucha mala suerte, acudió un día a Londres para visitar a una tía que era sombrerera. En casa de esta dama conoció a Jack Stowell, un actor secundario en Covent Garden, el cual, bajo una amigable apariencia, bajo una especie de inteligente superficie que tenía un inmenso efecto sobre las personas sencillas, era un canalla desalmado y de una inefable arrogancia. Tenía la habitual convicción de todo actor fracasado de que su representante era su único enemigo y de que la ciudad languidecía por verlo interpretar a Romeo y a Douglas y a toda la sarta de héroes juveniles. Su posición secundaria lo amargaba y buscaba consuelo en la bebida y en el juego siendo un espécimen de su género tan libertino como cualquiera de los que se pudiera encontrar en las tabernas de la calle Bow. Pero sabía cómo pasar por una persona agradable en sociedad y se le consideraba un «un tipo estupendo». También dominaba el arte del sentimentalismo y, de vez en cuando, podía elevar la vista hacia el cielo y fingir que poseía una mente rebosante de honor y sentimientos varoniles.

Sobre este blanqueado sepulcro, Barbara malgastó la frescura de su juventud. A él le atrapó la singular belleza de la joven que se parecía más a la de un antiguo retrato italiano que a la de una rústica mujer inglesa. Una belleza tan peculiar y llamativa podría dejar marca, pensó. Con semejante Julieta él no podría fracasar como

Romeo. La amaba todo lo que su podrido y marchito corazón era capaz de amar y vaticinó su propio beneficio si se casaba con ella. Así que, con un poco de persuasión y muchos dulces discursos hurtados de las grandes obras del drama británico, rompió las barreras del deber y exprimió un apresurado consentimiento de la llorosa y ruborizada muchacha para una boda no del todo respetable, que se formalizó antes de que ella tuviera tiempo de arrepentirse de aquel momento de debilidad.

La sombrerera estaba enfadada ya que había creído ser ella el objeto de la admiración del señor Stowell y, aunque era demasiado lista para pensar en él como un marido, deseaba retenerle como pretendiente. El párroco de Hertfordshire estaba furioso y le dijo a su hija que ya que había dado el primer paso hacia la destrucción eterna sin su consentimiento bien podía pasar el resto de su vida sin su intromisión. También había una madrastra que estaba más que dispuesta a ensanchar esta brecha y Barbara supo que existía poca esperanza de reconciliarse con un padre que nunca se había prodigado en cariños con ella. Por tanto se lanzó al mundo con veinte años de edad y con Jack Stowell como esposo y único amigo. En el primer rubor y encanto de este amor infantil y romántico, le parecía dulce tenerlo solo a él, tener atado todo su mundo de amor y esperanza a una sola persona.

Este cariñoso e ingenuo sueño duró menos de un mes. Antes de que la pálida media luna que había resplandecido en el cielo de verano la noche de su boda se hubiera desvanecido por completo, Barbara tuvo la certeza de que estaba casada con un borracho y un jugador, un bruto que era salvaje cuando bebía, un libertino que había frecuentado la compañía de mujeres de mala reputación hasta que ya no supo distinguir qué significaba la pureza femenina, un canalla que solo vivía para su propia satisfacción y cuyo amor por ella había sido poco más que el capricho de una hora.

Jack Stowell no perdió el tiempo en enseñarle todo lo que sabía sobre su arte. Ella tenía auténtico talento, le gustaba estudiar y pronto descubrió que él, en realidad, sabía muy poco. Barbara desarrolló sus propias ideas sobre todas aquellas heroínas de las cuales su marido solo conocía los más simples convencionalismos y tradiciones, y se sentaba a estudiar hasta tarde mientras él bebía y apostaba en alguna taberna de mala muerte. Sus penas, sus decepciones y sus disgustos la llevaron a instruirse en el teatro, en el que encontró una forma de consuelo y de olvido momentáneos. Aquellas heroínas de tragedia, todas desdichadas, parecían comprender su propia miseria. Se apasionó por su arte antes incluso de pisar el escenario.

Jack Stowell llevó a su mujer ante Rich[22] y pidió un contrato para ella. Si Barbara hubiera sido una mujer ordinaria, el productor le hubiera dado una posición inferior dentro de su *troupe* y la nimiedad de veinte chelines a la semana. Pero su excepcional belleza captó su ojo experto. Tenía media docena de genios en su compañía,

---

[22] John Rich (1692-1761) fue un importante director y productor de teatro que abrió el teatro de Covent Garden en 1732.

Parece que la autora comete en este caso una discrepancia temporal ya que esta persona murió en 1761, y al prinicpio de la novela se menciona el Panteón, lugar que no fue inaugurado hasta 1772.

pero su atractivo había empezado a decaer. Aquel juvenil rostro y aquellos ojos italianos podrían atraer a la ciudad, pues últimamente la susodicha ciudad se estaba decantando por su rival.

—Te diré una cosa, Stowell —dijo el productor—. Me gustaría darle una oportunidad a tu esposa. Pero para crear algún tipo de impacto en la audiencia debe interpretar un papel principal y yo no puedo confiar en ella hasta que no haya aprendido todos los pormenores de la profesión. Debe probar su suerte en las provincias.

Era mediodía y estaban de pie en el magnífico escenario del Covent Garden. El lugar estaba casi sumido en la oscuridad y el inmenso círculo de asientos cubiertos por telas de lino tenían una apariencia fantasmal que heló la sangre en las venas de Barbara. ¡Qué criatura más insignificante se sentía en mitad de aquel imponente teatro! ¿Podría alguna vez subirse a aquel escenario y desahogar su alma en los lamentos de Julieta o de la duquesa de Malfi o de Isabella, como tantas veces había hecho frente al espejo de sus lóbregas habitaciones?

—Jack —dijo Barbara mientras caminaban de vuelta a casa; él había sido inusualmente amable con ella aquella mañana—, no puedo explicarte qué terrible sentimiento me ha producido ese inmenso, oscuro y frío teatro. Me he sentido como si estuviera de pie en mi propia tumba.

—Eso demuestra lo ridícula que eres —replicó Jack con desprecio—. ¿Crees que alguien iba a regalarte una tumba tan grande como esa?

La señora Stowell hizo su debut en el Teatro Real de Bath, y probó su suerte, como había dicho el productor, con notable éxito. No quedaba duda alguna de que ella poseía el fuego divino: un genio y una fuerza tan notables que compensaban su falta de experiencia. Desde ese momento trabajó como una esclava y entregó su alma, su mente y su corazón, todo su ser, a esta nueva ocupación en su vida. Vivía solo para actuar. ¿Para qué más podía vivir con un marido que llegaba a casa borracho tres o cuatro noches a la semana y cuyas infidelidades eran harto conocidas?

Fue a Londres el invierno siguiente y cautivó a la ciudad. Su genio, su belleza, su juventud, su pureza estaban en boca de todos. En aquella primera temporada de éxito recibió casi tantas cartas como un primer ministro, pero con el tiempo se comprobó que era inmune a la adulación, y los vanidosos petimetres de la época cesaron su persecución. Entre tantos que la admiraban y tantos que estaban ansiosos por pretenderla hubo solo uno que descubrió su necesidad de compasión y que se compadeció de ella.

Este fue *sir* Philip Hazlemere, un hombre con elegancia y fortuna; ni petimetre ni vanidoso, sino un hombre de mente cultivada y apasionado sentimiento. Vio, admiró y, poco después, adoró a la nueva actriz, pero no la abordó como hacían otros con efusivas cartas que insultaban su entendimiento o costosos regalos que ofendían su honor. Él se mantuvo distante y la amó en silencio porque el instinto de su corazón le decía que ella era virtuosa. Pero también era humano y su sentido del honor no podía sofocar del todo su esperanza. Descubrió dónde vivía, sobornó al arrendador de las habitaciones para tenerlo de su parte y planeó conocer mucho más sobre Barbara Stowell de lo que el resto del bien informado mundo sabía. Supo que su marido era un canalla y que la maltrataba, que esa radiante belleza que brillaba y resplandecía por las noches como una estrella era, durante el día, una mujer lánguida y demacrada, hundida por la pena y las lágrimas. Si la había amado antes, cuando desconocía la historia de su vida, la amó doblemente entonces y, armándose con la esperanza que le daba la desesperanza en la vida de su amada, arrojó el honor al viento y se decidió a conquistarla.

¿Podía estar ella peor, se preguntaba, que como estaba ahora siendo la esclava de un malnacido libertino, la mujer de un vago desdeñado por las multitudes, y despreciada en su hogar, donde una mujer debería ser lo más importante? Él era rico y su propio señor, tendrían todo el alegre y radiante mundo a sus pies. La llevaría a Italia y se desviviría por ella, satisfecho y feliz de tener la bendición de su dulce compañía. Nunca había tocado su mano ni hablado con ella, pero los últimos seis meses solo había vivido para verla y escucharla y le parecía que conocía cada pensamiento de su mente, cada latido de su corazón. ¿No había visto en alguna ocasión, apoyado en la barandilla de su palco, y cuando la trama de la escena la acercaba a él, cómo aquellos encantadores ojos le devolvían su cariñosa mirada con una tierna inteligencia que le hacía saber que era comprendido?

Si John Stowell le concedía el divorcio mucho mejor, pensaba Philip. Entonces él podría convertir a su amada en *lady* Hazlemere y dejaría que el mundo contemplara la gloria suprema de su vida. Estaba tan profundamente enamorado que pensaba que conquistar a Barbara le daría un prestigio eterno. Pasaría a la posteridad con la fama de ser el marido de la mujer más encantadora de su tiempo, como el duque de Devonshire, del que lo único que el mundo conoce es que tuvo una hermosa duquesa[23].

Un día, *sir* Philip Hazlemere, envalentonado por una nueva historia de la brutalidad de Jack Stowell, se coló ante la presencia de su adorada. Ella se soliviantó al principio y se enfadó en gran medida, pero el profundo respeto de Philip derritió su ira y, por primera vez en su vida, Barbara aprendió cuan reverencial y humilde es el amor verdadero. No era un descarado seductor que se había abierto paso a la fuerza para llegar ante ella, sino un hombre que la compadecía y la honraba, y quien habría considerado una nimiedad verter su sangre por ella.

No era un desconocido aunque no hubiera escuchado su voz hasta aquel día. Le había visto noche tras noche en el teatro y había intuido que lo que le mantenía cautivado en el mismo lugar escuchando la misma obra sin importar cuántas veces se repitiera en el cambiante repertorio de aquellos días, era un sentimiento más poderoso que un simple amor por el drama.

---

[23] Se debe referir a Georgiana Cavendish (1757-1806) esposa de William Cavendish, quinto duque de Devonshire. Nacida en la noble familia Spencer, es una antepasada de la que fue princesa de Gales, *lady* Diana. Fue una figura destacada en la sociedad inglesa de la época, famosa por su belleza y carisma. Fue también un icono de la moda y el estilo y ella utilizó esta fama para contribuir en política, ciencia y literatura.

Ella sabía que él la amaba y su sincera mirada le había llegado al corazón. ¿Qué significaba ahora para ella, quien nunca había conocido el amor de un buen hombre, escuchar a Philip ofrecerle su devoción y pedirle humilde permiso para llevársela lejos de una vida que no era más que abyecta miseria?

Su corazón se hinchió al escuchar sus palabras. Sí, esto era amor verdadero, esto era la gloria y gracia que ella no había tenido en su vida. Pudo medir la grandeza de su pérdida ahora que era demasiado tarde, y vio qué patética fruslería había confundido con el oro más puro. Sin embargo, aunque cada latido de su corazón la arrastraba hacia este devoto amante, el honor alzó su voz sobre los sentimientos y la convirtió en mármol. Solo en un punto cedió a los ruegos de su amado. No le retiró su permiso para que acudiera a verla de nuevo; podía ir en alguna ocasión pero no a menudo, y el momento en que él olvidara el respeto que ella se merecía como una esposa leal y fiel sería el momento en el que se separarían para siempre.

—Mi vida es tan solitaria —musitó ella con tono de disculpa después de haber hecho esta concesión—. Será un consuelo poder verle de vez en cuando durante una breve media hora y saber que hay alguien en este vasto y atareado mundo que se compadece y se preocupa por mí.

Barbara tenía otra razón para acceder ante este ruego de *sir* Philip que hubiera roto el corazón al caballero de haberlo sabido. Esta era su interna convicción de que su vida estaba cercana a su fin. No había casi tiempo para las tentaciones entre el momento presente y la tumba, y cada día que pasaba parecía alejarla más de los objetos y pensamientos terrenales. Las crueldades de su marido dolían con menos intensidad que antes; la propia degradación de aquel, que había sido la parte más dura de su carga, se le antojaba distante, como si ambos vivieran en mundos diferentes. Sus éxitos sobre las tablas, que habían sido embriagadores, ahora le parecían irreales, como un desfile dentro de un sueño. Sí, las ataduras que unían su debilitada carne a las alegrías y sufrimientos mundanos estaban aflojándose poco a poco. Los grilletes se estaban resbalando por aquella agotada arcilla.

Capítulo II
Su vengador

Sir Philip probó ser digno de la confianza de Barbara. Acudía a su sórdido alojamiento londinense, una posada que había acogido durante los últimos veinte años a errantes tribus de elegantes aventureros venidos a menos y cuyos sucios revestimientos de madera desprendían un olor a pobreza, y le llevaba a su idolatrada flores y frutas, los periodicuchos semanales (esos delgados cuadernillos que entretenían a nuestros antepasados), una nueva novela de vez en cuando, y las últimas noticias de la ciudad: los cotilleos que circulaban por los clubs, lo que Walpole le escribía a *sir* Horace Mann[24]. Acudía y se

[24] *Sir* Horace Mann (1706-1786) fue un diplomático inglés en Florencia. Mantuvo una correspondencia con Horace Walpole, al que conoció en 1739, durante más de cuarenta años.

sentaba a su lado mientras ella bordaba en su bastidor y la animaba con una ternura demasiado respetuosa para ser motivo de alarma. En una palabra, la hacía feliz.

Si ella estaba consumiendo lentamente sus últimos días, él no observó ningún cambio ni adivinó que aquella bella flor estaba a punto de marchitarse. La veía demasiado a menudo como para percatarse del gradual deterioro. Su belleza era etérea y la enfermedad le otorgaba nuevos encantos.

Un día vio que tenía un cardenal sobre la frente; ella había intentado ocultarlo con los rizos sueltos de su oscuro cabello pero su avispado ojo vio la marca. Al verse presionada por su diligente interrogatorio, la actriz ofreció una pobre explicación de lo sucedido mientras farfullaba y se ruborizaba. La noche anterior, al ir desde el salón a su dormitorio, una repentina ráfaga de aire había extinguido su vela y ella se había caído y se había golpeado contra el borde de la cómoda.

—¡Barbara! ¡Me estás engañando! —gimió *sir* Philip—. Fue el puño cerrado de un hombre el que dejó esa marca. No vivirás con él ni un día más.

Y entonces siguió una apasionada súplica que sacudió su alma: afectuosas ofertas de una vida feliz en una tierra extranjera; un divorcio, un nuevo matrimonio.

Honor. Posición.

—Pero antes, deshonor —replicó Barbara—. ¿Puede el camino de la vergüenza conducir alguna vez al honor? No, *sir* Philip, no haré el mal del que pueda salir un bien.

La elocuencia de su amado no consiguió debilitar esta determinación. Ella fue tan firme como la Roca Bass[25]

[25] La Roca Bass es una isla perteneciente a Escocia localizada en la parte más externa

y él tan apasionado como las olas que rompen contra ella. El caballero se fue al fin, ardiendo de indignación contra el tirano que la controlaba.

—¡Que Dios te cuide y te consuele! —gritó mientras se alejaba—. No volveré a verte hasta que seas libre.

Estas palabras la sobresaltaron y las sopesó llena de alarma. ¿Estaba amenazando a su marido de alguna manera? ¿Debería ella advertir a Jack Stowell del peligro que corría?

Sir Philip Hazlemere y John Stowell todavía no se habían cruzado el uno en el camino del otro, ya que su propia casa era el último lugar donde se encontraría al marido. Pero ahora, la repentina necesidad de conocer al señor Stowell o por lo menos de encontrárselo cara a cara en alguno de sus tugurios favoritos, se había apoderado de *sir* Philip. Estos lugares no eran difíciles de averiguar. Apostaba fuerte y bebía en exceso y el establecimiento de su elección era una taberna de mala reputación en un estrecho callejón junto a Long Acre, donde el juego y la bebida estaban a la orden de la noche y donde muchas amigables celebraciones habían terminado en sangrientas refriegas.

Así que, en una medianoche de diciembre, cuando las aceras de Covent Garden estaban resbaladizas con el deshielo y los muchachos de las antorchas[26] contaban sus ganancias en mitad de una espesa niebla marrón, *sir*

del Firth of Forth. Es de origen volcánico y se eleva por encima de los cien metros de altura.

[26] *Link-boy* en el original. Eran unos chicos que llevaban antorchas para iluminar el camino de los ciudadanos antes de que existiera una red de iluminación en las calles. Eran muy habituales en el Londres del siglo XVIII.

Philip recurrió al acabar la función a su amigo y confidente, el capitán Montagu, para que lo acompañara. Este Montagu era un hombre valioso y conocía bien los teatros y a la mayoría de los actores, entre ellos, a Jack Stowell.

—Es un tipo de lo mejor —le aseguró a *sir* Philip—. Una compañía excelente.

—Puede ser —contestó el caballero—. Pero golpea a su mujer y yo pretendo devolverle el golpe.

—¿Acaso, Philip, vas a convertirte en Don Quijote y enfrentarte a molinos de viento?

—No te preocupes de mis asuntos —replicó su amigo—. Los tuyos son juntarnos a mí y a este Stowell.

Encontraron al señor Stowell jugando a las cartas con sus amigos en una habitación privada, una pequeña estancia al fondo de la taberna con una pequeña ventana como vía de escape en caso de que los divertimentos de la noche se tornaran en peligros. Los *mohocks*[27] de aquellos días eran tan listos como gatos a la hora de trepar empinados tejados o de colgarse de tuberías.

El capitán Montagu envió su tarjeta al señor Stowell pidiéndole permiso para unirse a la partida con un amigo, un caballero de provincias. Jack sabía que Montagu era un halcón, pero olfateaba a una paloma en el forastero rural así que recibió a ambos con gran efusividad. *Sir* Philip se había disfrazado con un pesado abrigo rematado en

[27] *Mohawks* en el original. Eran una banda de violentos criminales que aterrorizaron Londres a principios del siglo XVIII, que atacaban tanto a hombres como a mujeres. Cogieron su nombre de la tribu india Mohawk, y se decía que desfiguraban a sus víctimas masculinas y violaban a las femeninas.

piel y con una peluca rubia pero, a pesar de ello, el señor Stowell lo examinó con cierta suspicacia. Su constante asistencia en el palco había hecho que su cara resultara familiar entre los actores del Covent Garden y solo los vapores del ponche de brandy evitaron que Stowell lo reconociera.

La partida fue rápida e inmisericorde. *Sir* Philip, en su papel de terrateniente de provincias, pidió ponche con profusa liberalidad y perdió su dinero con ruidosa insensatez jurando que obtendría su venganza antes de que acabara la noche. Montagu lo observaba con curiosidad mientras se preguntaba el significado de todo aquello.

La noche continuó; *sir* Philip mostraba claros signos de intoxicación, y bajo esta influencia, su estridente comportamiento degeneró en uno de calmada estupidez. Continuó perdiendo dinero con somnolienta tranquilidad lo cual hizo que Jack Stowell bajara la guardia y se permitiera usar ciertas maniobras en la partida que hubiera considerado como peligrosas en diferentes circunstancias.

Y cuál fue su asombro cuando aquel terrateniente se puso de súbito en pie y le lanzó medio vaso de ponche a la cara.

—¡Caballeros! —gimió Stowell mientras se limpiaba el licor de su desconcertado semblante—. Este hombre está borracho como bien pueden ver. He sido insultado en gran manera pero soy demasiado caballeroso como para aprovecharme de esta situación. Capitán Montagu, es mejor que os llevéis a vuestro amigo de aquí mientras sus piernas todavía le sostengan y puedan hacer el esfuerzo. Hemos jugado suficiente por esta noche.

—¡Tramposo! ¡Estafador! —gritó *sir* Philip—. Quiero que mi amigo testifique que habéis estado jugando con cartas marcadas durante la última media hora. Vi cómo cambiabais la baraja.

—¡Eso es mentira! —rugió Jack.

—No, no lo es—dijo Montagu—. No os he quitado la vista de encima.

—¡Por Dios, caballeros! Obtendré satisfacción por esto —vociferó Jack mientras desenvainaba su espada ligeramente.

—La obtendréis —respondió *sir* Philip— y en este mismo instante. Me alegrará ver si sois tan bueno defendiendo vuestra miserable vida como lo sois pegando a vuestra esposa.

—¡Por todos los cielos, ahora os reconozco! —bramó Jack—. Sois el tipo que se sienta en el palco noche tras noche y se deleita mirando a mi mujer.

Sir Philip fue hasta la puerta, la cerró, se guardó la llave en el bolsillo y retornó con su estoque desenvainado. Montagu y los otros hombres intentaron evitar la pelea, pero *sir* Philip estaba decidido a saldar las cuentas en aquel mismo momento y Stowell, embriagado y listo para cualquier cosa. Los preliminares fueron rápidos: una mesa volcada y una gran cantidad de vasos rotos; pero los ruidos en aquella taberna iban unidos a los placeres así que la algarabía no despertó ninguna curiosidad en los adormilados clientes del piso inferior.

Se les despejó un espacio en la habitación y los dos hombres permanecieron de pie uno enfrente del otro, ambos pálidos en su frenesí: *sir* Philip se había deshecho de su pretendida embriaguez junto con su abrigo de piel, John Stowell estaba bastante más afectado por el licor.

El actor era un diestro espadachín pero sus primeros estoques estaban demasiado cegados por la rabia para resultar eficaces. *Sir* Philip los esquivó con facilidad y continuó mirando a su oponente con una desdeñosa mirada que aguijoneó a Stowell hasta la locura.

—Me apostaría que mi mujer y vos habéis planeado esto entre los dos —bufó—. Debería haberme imaginado que me la estaba jugando. Es demasiado dócil y bien hablada como para no ser una…

La palabra que pretendía decir nunca cruzó sus labios ya que una repentina estocada de la espada de *sir* Philip Hazlemere le perforó su pulmón izquierdo y lo silenció para siempre.

—Cuando vi la marca de vuestro puño en la frente de vuestra esposa esta mañana, juré que la convertiría en viuda al anochecer —dijo *sir* Philip y el actor cayó boca abajo sobre el arenoso suelo.

Al momento, los sirvientes de la taberna estaban llamando a la puerta. La muerte de Jack Stowell había perturbado incluso su calma. Mesas y vasos bien podían destrozarse sin mayor comentario, pero la caída de un cuerpo humano atraía la atención. El capitán Montagu abrió la ventana y apremió a su amigo para que descendiera por las resbaladizas cuerdas debajo de la misma, y tras jugarse la vida en su apresurado descenso, *sir* Philip Hazlemere se halló en un momento en Long Acre donde el sereno anunciaba: «Pasadas las cuatro y una mañana lluviosa».

Capítulo tres
Su suspiro de despedida

La tarde siguiente ya era sabido en toda la ciudad que Jack Stowell había sido asesinado en una reyerta de taberna. El capitán Montagu había sobornado a los amigos del señor Stowell para que mantuvieran un juicioso silencio. El hombre había muerto en una pelea justa y nada bueno podía salir de permitir que la policía conociera los detalles de su final. Así que, cuando el magistrado de la calle Bow acudió a realizar su interrogatorio, solo pudo extraer una confusa explicación del fatal suceso. Había habido una discusión durante la partida de cartas y Stowell y otro hombre, cuyo nombre no conocía ninguno de los presentes, habían desenvainado sus espadas y se habían batido en duelo. Stowell había caído y el desconocido había escapado por una ventana antes de que la gente de la taberna llegara al rescate. Esta gente había visto al desconocido entrar en el establecimiento, un hombre de pelo rubio y con un abrigo de viaje verde oscuro rematado en piel gris, pero no lo habían visto salir. El magistrado extrajo la conclusión de que todo el mundo había estado borracho y la investigación se resolvió de manera fútil, algo que ahora hubiera provocado la indignación de los líderes de los periódicos y la aparición de cartas firmadas «Fiat Justitia[28]» o «Peckham

[28] Latín en el original, significa «hágase justicia», la frase completa: es «*fiat iustita pereat mundus / fiat iustitia ruat caelum*» (hágase justicia aunque perezca el mundo / hágase justicia aunque se desplomen los cielos).

Rye», pero que en aquel relajado período no importó a nadie, y lo máximo que sirvió fue para proveer a Walpole con un párrafo para una de sus inmortales epístolas.

Sir Philip acudió a casa de la señora Stowell pero le dijeron que se encontraba enferma y guardaba cama. Hubo un cambio de las obras programadas en el Covent Garden, y se anunció que la favorita no haría su aparición hasta pasadas siete noches debido a una aflicción doméstica.

Sir Philip mandó sus habituales regalos de frutas y flores a la dirección de la señora Stowell, pero una delicada contención le hizo mantener las distancias mientras el cuerpo del actor todavía estaba en las estancias que había compartido el matrimonio. Ella, quizá, debía de sospechar su papel en aquel fatal desenlace. ¿Se compadecería de él y lo perdonaría, entendiendo que había desenvainado su espada para reparar sus males? En ese punto *sir* Philip tenía esperanzas. El futuro estaba lleno de bellas promesas. Pero de momento tenía que soportar un sombrío intervalo de duda y separación.

El pensamiento de Barbara confinada en su habitación debido a su enfermedad no lo alarmaba. Era natural que la muerte de su marido la hubiera agitado y sobrepasado. El darse cuenta de que se hallaba libre de su tiranía pronto le proporcionaría consuelo y esperanza. Mientras tanto, *sir* Philip contaba las horas que faltaban para que ella reapareciera en el escenario.

La noche señalada por fin llegó; la obra anunciada era *La Duquesa de Malfi en cuatro actos* de Webster: «La duquesa interpretada por la señora Stowell». En aquellos días gustaban de las tragedias, cuanto más lúgubres, mejor. El Covent Garden era un espacioso osario donde se exhibían el suicidio y la muerte.

Sir Philip estaba en su palco antes de que los violinistas comenzaran a tocar. El teatro estaba medio vacío a pesar de la reaparición de la favorita tras su temporal retiro, y a pesar del artificial interés que iba unido a ella por ser la viuda de un hombre que había encontrado la muerte en misteriosas circunstancias hacía una semana. El tiempo en el exterior era nefasto, con una espesa niebla que se había colado incluso por las puertas del Covent Garden y colgaba como un sudario sobre el foso y los palcos.

Los violinistas comenzaron la obertura de la ópera de Gluck, *Orfeo y Eurídice*. El corazón de Philip Hazlemere latía rápido y con fuerza; ansiaba que se levantara el telón con una impaciencia subyugadora. Había pasado más de una semana desde la última vez que había visto a Barbara Stowell, y ¡qué potente cambio sobre sus destinos se había producido desde su último encuentro! Ahora podía mirarla con un placer victorioso, ninguna fatal barrera se erguía entre ellos. Él no dudaba del amor que ella sentía por él o de su feliz consentimiento ante su súplica. En poco tiempo, tan solo un decente intervalo para la satisfacción del mundo, ella se convertiría en su esposa. La ciudad ya no la vería más bajo las estridentes luces del teatro. Ella seguiría brillando como una estrella pero solo en el tranquilo paraíso del hogar. El resplandor de esta imagen disipó las sombrías imaginaciones que el teatro medio vacío y su oscuro manto de niebla habían engendrado.

El telón se elevó y, por fin, la vio. Los encantadores ojos de Barbara brillaban más que nunca y no le dejaron ver lo hundido de sus demacradas mejillas. Había una excitante tragedia en cada una de sus miradas que parecían el verdadero aliento y fuego de la genialidad. La criatura que se alzaba allí desahogando su historia de sufrimiento estaba oprimida y maltratada, era la inocente e indefensa víctima de hombres crueles y violentos. La peculiar historia, el peculiar personaje, parecían reales mientras ella los interpretaba. *Sir* Philip escuchaba con toda su alma como si nunca antes hubiera visto la lóbrega obra, y aun así cada línea le era familiar. La duquesa era una de las grandes creaciones de Barbara.

Permaneció embelesado con cada palabra y sus ojos devoraron la pálida belleza de su amada aunque ansiaba el final de la obra. Pretendía esperarla fuera, en la puerta del escenario, acompañarla a casa y quedarse con ella el tiempo suficiente para que pudieran hablar de su feliz futuro y conseguir de ella la promesa de que se convertiría en su esposa tan pronto como fuera posible. Respetaría en su beneficio incluso el puro prejuicio y esperaría a que ella pasara por la ceremonia del duelo a un marido que tan mal la había tratado.

La obra se arrastró con lentitud hasta el terrible cuarto acto con sus múltiples horrores: el salvaje baile de máscaras de hombres locos, el sepulturero, el portero, la música fúnebre, los verdugos con los ataúdes y las sogas. Barbara estaba pálida y sombría como un espíritu, una criatura ya huida de las ataduras de la tierra y para quien la muerte no podía esconder terror alguno. A pesar de la poca asistencia, el telón cayó en medio de un torrente de aplausos.

Sir Philip se levantó y miró fijamente la verdosa oscuridad del escenario, como si aquella mirada mortal de Barbara lo hubiera dejado clavado en el sitio mientras el resto del público se apresuraba a abandonar el teatro, inquietos ante la perspectiva de no encontrar coches de caballos o muchachos que les guiaran a través de la bruma con sus antorchas. Se giró de repente ante el sonido de un suspiro a sus espaldas, un tenue y taciturno gemido que lo sobrecogió y llenó de terror.

Barbara estaba allí, de pie, ataviada con el vestido que había lucido en la última escena, la túnica que parecía un sudario y que le había recordado a la muerte de manera tan dolorosa. Ella extendió las manos hacia él en un triste y atrayente gesto. Philip se inclinó hacia delante con ansiedad y trató de asir esas manos con las suyas, pero ella se alejó de él con un escalofrío y permaneció allí, como una sombra, en la penumbra del umbral de la puerta.

—¡Amada mía! —exclamó él entre sorprendido y encantado—. Iba a dirigirme a la puerta del escenario. Estoy impaciente por hablar contigo, para ratificar nuestro amor ahora que eres libre de convertirme en el más afortunado de los hombres. Mi amor, tengo todo un universo de palabras dulces para dedicarte. Puedo ir contigo, ¿verdad? ¿Puedo acompañarte a casa en tu carruaje?

Las luces se apagaron de súbito mientras le hablaba, quedando sin aliento en su impaciencia. Ella exhaló otro tenue suspiro, dramático y tierno a la vez, y desapareció.

No le había dedicado una sola palabra pero él entendió que, con aquel delicado silencio, ella consentía.

Salió de la oscuridad del teatro y rodeó el edificio hasta llegar a la puerta de salida del escenario. No se quedó allí sino que esperó con discreción en el otro de la estrecha calle a que Barbara llamara a su carruaje. La había observado de este modo, fútilmente y sin esperanza alguna, muchas otras noches y conocía sus costumbres.

Había un par de coches de caballos que esperaban en la calle envueltos en la cortina de niebla. Al momento, un muchacho con una antorcha se acercó deprisa seguido por un caballero casi sin aliento vestido con un abrigo marrón y una peluca del mismo color. Cruzaron la calle y ambos de desvanecieron en el interior del teatro. *Sir* Philip se preguntó que se traería entre manos aquel caballero.

Esperó largo rato, o eso le pareció a su impaciencia, pero el carruaje de la señora Stowell seguía sin ser llamado. Salió un grupo de actores que se alejaron caminando por la acera de enfrente enfrascados en una conversación. El caballero con el atuendo marrón salió de nuevo y trotó a través de la niebla todavía bajo la guía del muchacho de la antorcha. El vigilante de la puerta apareció en el umbral y miró hacia ambos lados de la calle, parecía estar a punto de apagar su tenue lámpara de aceite y cerrar la puerta hasta el día siguiente. *Sir* Philip Hazlemere cruzó la calle a toda prisa justo a tiempo de detenerle.

—¿Por qué está cerrando? —preguntó—. La señora Stowell todavía no ha abandonado el teatro, ¿cierto?

Podía ser que no la hubiera visto entre la niebla.

—No, pobre criatura. No saldrá hasta mañana y entonces lo hará con los pies por delante.

—¡Dios mío! ¿A qué se refiere?

—Es un triste final para una criatura tan hermosa —observó el vigilante con un suspiro—. Y la mano de aquel bruto está detrás de todo esto. Ha estado enferma de tuberculosis los tres últimos meses. Todos lo sabíamos, y cuando ha atravesado esta puerta esta noche he pensado que parecía más apta para estar en un ataúd que en un escenario. Tan pronto como ha caído el telón, ella se ha desplomado de repente con un estrecho hilo de sangre saliendo de sus labios y que ha goteado sobre su blanco vestido. Estaba muerta antes de que pudieran llevarla al camerino. Mandaron llamar al doctor Budd de la calle Henrietta, pero era demasiado tarde; ella no esperó a ningún doctor que la ayudara a abandonar este mundo.

Sí, en el momento en que él había mirado aquel fantasmal rostro y había visto aquellos tristes ojos posados sobre los suyos, llenos de inefable amor y conmiseración, la afligida alma de Barbara había desplegado sus alas hacia el cielo.

El visitante de Eveline

Fue en un baile de máscaras celebrado en el Palacio Real cuando comenzó la fatal disputa con mi primo André de Brissac. Esta disputa era por una mujer. Las mujeres pertenecientes al séquito de Felipe de Orleans eran la causa de muchas riñas como esta y, para un hombre versado en la historia social y los misterios, apenas había una hermosa cabeza en aquella rutilante multitud que no pareciera estar manchada de sangre.

No recuerdo el nombre de aquella por cuyo amor André de Brissac y yo, en un tenue amanecer de agosto, cruzamos uno de los puentes que conducían al erial situado más allá de la iglesia de Saint-Germain des Près. Había muchas bellas víboras en aquellos días, y esa mujer era una de ellas.

Esta noche puedo sentir el frío aliento de aquella mañana de agosto soplando en mi cara, sentado solo en la quietud de mi lúgubre aposento, en mi *château*[29] de Puy Verdun, mientras escribo la extraña historia de mi vida. Puedo ver la pálida neblina elevándose desde el río, el sombrío perfil del Châtelet, y las cuadradas torres de Notre-Dame, negras contra el grisáceo cielo. De manera incluso más vívida, puedo evocar el bello y joven rostro de André mientras permanecía frente a mí escoltado por sus dos amigos —unos canallas, ambos ansiosos ante aquella antinatural refriega—.

A la vista de cualquiera éramos un extraño grupo para un amanecer de verano, todos recién salidos del calor y el estruendo de los salones del regente: André vestía un pintoresco traje de caza copiado de uno de los retratos familiares en Puy Verdun, yo iba disfrazado como un indiano del Mississippi de Law[30] y los otros hombres lucían estridentes perifollos adornados con joyas y bordados que palidecían en la mortecina luz del amanecer.

Nuestra disputa había sido fiera; no podía tener más que un resultado y este era el más funesto. Yo le había golpeado y, mientras él permanecía frente a mí, la marca que mi mano había ocasionado a su afeminado rostro

[29] Castillo. En francés en el original.

[30] Hace referencia a la Compañía del Mississippi, un consolidado de varias empresas comerciales al que el gobierno francés concedió el monopolio del comercio con las Indias Occidentales y América del Norte, cuya principal colonia era la gran Luisiana francesa. Su creador y director general era John Law, fundador a su vez del Banco General Privado francés.

se tornó carmesí. El sol del este cayó sobre su cara al momento y tiñó la cruel herida de un rojo todavía más oscuro. Pero el resquemor de mis propias equivocaciones era reciente, y todavía no me permitía despreciarme a mí mismo por aquella brutal atrocidad. Para André, semejante agravio era de lo más terrible. Él era el favorito de la Fortuna, el favorito de las mujeres, y yo era un don nadie, un rudo soldado quien había servido bien a su país pero un maleducado patán en la alcoba de una Parabère[31].

Luchamos y le herí mortalmente. La vida siempre le había sonreído y creo que una desesperada locura lo poseyó al sentir que se desangraba. Me hizo señas para que me acercara mientras yacía en el suelo. Fui y me arrodillé a su lado.

—¡Perdóname, André! —murmuré, pero no hizo más caso a mis palabras que si aquella lastimera súplica hubiera sido una onda del cercano río.

—Escúchame, Hector de Brissac —dijo—. No soy de los que creen que un hombre ha acabado su tiempo en la tierra tan solo porque sus ojos se velen y su mandíbula se anquilose. Me enterrarán en la vieja bóveda en Puy Verdun y tú serás el amo del *château*. Ah, sé lo poco en serio que se toman allí las cosas estos días, y sé que Dubois se reirá cuando se entere de que *Ca* ha sido asesinado en un duelo. Me enterrarán y se cantarán misas por mi alma, pero tú y yo no hemos terminado nuestros asuntos, primo mío. Estaré a tu lado cuando menos desees verme,

[31] Marie-Madeleine de Parabère era la amante de Felipe de Orleans mientras este fue regente.

yo, con esta fea cicatriz sobre un rostro que ha sido alabado y amado por las mujeres. Vendré a ti cuando tu vida parezca brillar. Me interpondré entre tú y lo que ames con más intensidad y consideres más preciado. Mi mano fantasmal verterá una gota de veneno en la copa de tu felicidad. Mi sombría forma apagará la luz del sol de tu vida. Hombres con una voluntad de hierro como la mía pueden hacer lo que les plazca, Hector de Brissac, y es mi voluntad atormentarte desde la muerte.

Dijo todo esto en frases entrecortadas susurradas a mi oído. Tuve que inclinarme para acercar mi oído a sus moribundos labios. Esa voluntad de hierro de André fue, sin embargo, lo suficientemente fuerte como para batallar con la Muerte; creo que dijo todo lo que deseaba decir antes de que su cabeza se desplomara sobre la capa de terciopelo extendida bajo él, para no levantarse de nuevo.

Mientras yacía allí, cualquiera hubiera pensado que era un joven frágil, demasiado delicado y hermoso para enfrentarse a la lucha a la que llamamos vida; pero existen aquellos quienes recuerdan la breve hombría de André de Brissac y que fueron testigos de la terrible fuerza de aquella orgullosa naturaleza.

Me quedé mirando aquel joven rostro con la repugnante marca sobre él, y sabe Dios lo arrepentido que me sentía por lo que había hecho. Y aún así, no presté atención a aquellas blasfemas amenazas que me había susurrado al oído. Yo era un soldado y un creyente. No había nada espantoso para mí en el pensamiento de que había matado a aquel hombre. Había matado a muchos hombres en el campo de batalla y este me había ofendido enormemente.

Mis amigos deseaban que cruzara la frontera para escapar de las consecuencias de mi acción, pero yo estaba preparado para enfrentarme a esas consecuencias y permanecí en Francia. Me mantuve apartado de la corte y se me sugirió que lo mejor era que me recluyera en mi provincia. Se cantaron muchas misas en la pequeña capilla de Puy Verdun por el alma de mi primo fallecido y su ataúd ocupó un espacio en la bóveda de nuestros ancestros. La muerte de André de Brissac me había convertido en un hombre rico pero este mismo pensamiento me hacía odiar mi recién adquirida riqueza.

Viví una solitaria existencia en el viejo *château* donde apenas conversaba con nadie que no fueran los criados, los cuales habían servido a mi primo y a los cuales yo no agradaba. Era una vida dura y amarga, y me enfadaba ver a los hijos de los campesinos apartarse asustados de mi camino cuando cabalgaba por la aldea. He visto a mujeres ancianas santiguarse a hurtadillas al pasar por mi lado. Circulaban rumores extraños sobre mí, algunos de los cuales susurraban que había entregado mi alma al diablo a cambio del patrimonio de mi primo.

Desde la infancia he tenido la tez oscura y unas maneras adustas, y quizá por ello nunca he obtenido el amor de mujer alguna. Recuerdo cada una de las expresiones del rostro de mi madre y, sin embargo, no puedo recordar que ninguna de ellas fuera de afecto hacia mí. Esa otra mujer, a cuyos pies deposité mi corazón, estuvo complacida de aceptar mi tributo pero nunca me amó y, al final, me traicionó.

Me odiaba a mí mismo y casi había comenzado a odiar a los demás seres humanos cuando un deseo delirante me atrapó y anhelé volver a formar parte del bullicio del ajetreado mundo una vez más. Regresé a París, donde seguí alejado de la corte y donde un ángel tuvo compasión de mí.

Ella era la hija de un antiguo camarada, un hombre cuyos méritos habían sido menospreciados, cuyos logros se habían ignorado, y el cual permanecía malhumorado en su harapienta morada como una rata en un agujero, mientras todo París enloquecía con el economista escocés[32], y caballeros y lacayos se pisoteaban unos a otros hasta la muerte en la calle Quin-campoix[33]. La única descendencia de este testarudo y viejo capitán de Dragones[34] era la encarnación de un rayo de sol y su nombre mortal era Eveline Duchalet.

Ella me amaba. Las más ricas bendiciones de nuestras vida son a menudo aquellas que nos cuestan menos. Yo había desperdiciado los mejores años de mi juventud adorando a una mujer malvada que finalmente me engañó y me abandonó. Le ofrecí a este tímido ángel nada más que unas pocas palabras corteses, casi de ternura fraternal, y ¡oh, maravilla!, ella se enamoró de mí.

---

[32] Se refiere a John Law, economista escocés, creador en 1716 del Banco General Privado bajo la regencia de Felipe de Orleans para administrar las finanzas del Gobierno reemplazando al oro con crédito de papel y así poder aumentar la circulación monetaria, favoreciendo a las industrias.

[33] Se refiere a las revueltas de julio de 1720 en la calle Quin-campoix provocadas por el desplome de las acciones del Banco General Privado y en las que murieron quince personas.

[34] *Dragoons* en el original. Los dragones eran soldados que, desde mediados del siglo XVI hasta principios del XIX, combatían como caballería, generalmente al ataque, e infantería, a la defensiva.

La vida que había sido tan oscura y desolada brilló bajo su influjo, y regresé a Puy Verdun con una bella y joven esposa como compañía.

¡Ah, qué cambio tan dulce se produjo en mi vida y en mi hogar! Los chiquillos de la aldea ya no se escabullían asustados y las ancianas dejaron de santiguarse ante la presencia del jinete oscuro, ya que ahora, una mujer cabalgaba a su lado, una mujer cuya caridad había ganado el amor de aquellas ignorantes criaturas y cuya compañía había transformado al lúgubre señor del *château* en un amante esposo y un amo benévolo. Los viejos criados olvidaron el prematuro destino de mi primo y me servían con cordial disposición por amor a su joven señora.

No hay palabras que puedan expresar la pura y perfecta felicidad de aquella época. Me sentía como un viajero que ha atravesado los congelados mares del Ártico apartado del amor y la compañía de otros seres humanos y que se encuentra de pronto en el corazón de un frondoso valle, en la dulce atmósfera del hogar. El cambio parecía demasiado radiante para ser real y me esforzaba en vano por apartar de mi mente la vaga sospecha de que mi nueva vida era tan solo un fantástico sueño. Tan breves fueron esas horas doradas, que si ahora vuelvo la vista hacia ellas, no es de extrañar que todavía me incline a imaginar que los primeros días de mi vida de casado no pudieron haber sido nada más que un sueño.

Nunca, ni en mis días sombríos ni en mis días felices, me había preocupado el recuerdo del juramento blasfemo de André. Las palabras que había susurrado en mi oído con su último aliento eran vanas y carentes de significado para mí. Él había desahogado su rabia en aquellas frívolas amenazas como hubiera podido hacerlo en frívolas abominaciones. El único castigo que puede prometer un hombre moribundo es que perseguirá los pasos de su enemigo después de perecer; si los hombres tuvieran el poder de vengarse a sí mismos, la tierra estaría poblada de fantasmas.

Había vivido en Puy Verdun durante tres años: me había sentado solo junto al fuego en mitad de la solemne noche, en el mismo lugar que él había ocupado; había paseado por los pasillos que resonaban con sus pisadas, y, en todo ese tiempo, mi imaginación nunca me jugó la mala pasada de dibujar la sombra del hombre muerto. ¿Es extraño, entonces, que hubiera olvidado la terrible promesa de André?

No había ningún retrato de mi primo en Puy Verdun. Era la época del arte *boudoir*, y una miniatura encajada en la tapa de un confitero o escondida con elegancia en un enorme brazalete estaba mucho más de moda que una torpe imagen a tamaño natural que solo servía para colgar en las lúgubres paredes de un *château* de provincias que apenas era visitado por su dueño. El atractivo rostro de mi primo había adornado más de un confitero y había sido ocultado en más de un brazalete, pero no se encontraba entre las caras que miraban con desdén desde las paredes de Puy Verdun. Sin embargo, en la biblioteca encontré una imagen que despertó dolorosas asociaciones. Se trataba del retrato de un de Brissac que había prosperado en tiempos de Francisco I y era el mismo del que André había copiado el pintoresco atuendo de cazador que había llevado al baile del regente. La biblioteca era una habitación en la que pasaba muchas horas del día, así que ordené que esta pintura se cubriera con un cortinaje.

Llevábamos tres meses casados cuando un día, Eveline preguntó:

—¿Quién es el señor del *château* más cercano a este?

La miré con sorpresa.

—Querida mía —respondí—, ¿desconoces acaso que no hay ningún otro *château* en sesenta y cinco kilómetros a la redonda?

—¡Por supuesto! —exclamó ella—. Eso es lo extraño.

Le pregunté por qué este hecho le parecía extraño y, después de muchos ruegos, obtuve la razón de su sorpresa. En sus paseos por el parque y los bosques durante el último mes, se había encontrado con un hombre quien, a juzgar por su vestimenta y su porte, pertenecía obviamente a la nobleza. Ella había imaginado que sería el ocupante de algún *château* cercano y que su finca lindaba con la nuestra. No se me ocurría quién podía ser este desconocido ya que mis tierras en Puy Verdun se hallan en el corazón de una región inhóspita, y a no ser que el carruaje de algún viajero pasara tintineando pesadamente por la aldea, uno tenía más posibilidades de encontrarse a un semidios que a un caballero.

—¿Has visto a menudo a este hombre, Eveline? —inquirí.

Ella respondió en un tono que dejaba entrever cierta tristeza:

—Lo veo todos los días.

—¿Dónde, querida?

—A veces por el campo, a veces en el bosque. Tú conoces esa pequeña cascada, Hector, donde hay una abandonada construcción rocosa que forma una especie de caverna. Me gusta ese lugar y he pasado muchas mañanas allí leyendo. Es ahí donde veo al desconocido todos los días.

—¿Nunca se ha atrevido a dirigirse a ti?

—Nunca. En alguna ocasión he levantado la vista de mi libro y lo he visto de pie a cierta distancia, observándome en silencio. Continuo leyendo y al levantar los ojos de nuevo, veo que ha desaparecido. Debe acercarse y alejarse con un paso sigiloso porque nunca oigo sus pisadas. A veces casi deseo que me hable. Es tan terrible verle allí de pie, en silencio.

—Es algún campesino insolente que persigue asustarte.

Mi esposa sacudió la cabeza y replicó:

—No es ningún campesino. No es solo por su atuendo que lo juzgo, pues este me resulta extraño. Tiene un aire de nobleza que es imposible de confundir.

—¿Es joven o viejo?

—Es joven y apuesto.

La idea de la intromisión de este extraño en la soledad de mi esposa me perturbó en gran medida y fui directo a la aldea para preguntar si algún forastero se había dejado ver por allí. No me supieron decir de ninguno. Interrogué a los criados con detenimiento pero no obtuve resultados. Entonces, resolví acompañar a mi esposa en sus paseos para juzgar por mí mismo la categoría del desconocido.

Durante una semana dediqué todas mis mañanas a pasear con Eveline por el campo y los bosques, y en toda aquella semana no vimos a nadie, salvo al ocasional campesino en zuecos o a alguno de nuestros propios criados que volvían de una granja vecina.

Yo era un hombre de hábitos estudiosos y aquel deambular alteraba el ritmo estable de mi vida. Mi esposa, notándolo, me instó a que no me preocupara más.

—Pasaré mis mañanas en el *pleasaunce*[35], Hector —anunció—. El desconocido no podrá importunarme ahí.

—Empiezo a pensar que este desconocido es tan solo un espectro de tu romántico cerebro —contesté mientras sonreía al ansioso rostro alzado hacia mí—. Una *châtelaine*[36] que siempre está leyendo romances bien puede encontrarse con apuestos caballeros en los bosques. Me atrevería a decir que tienes que agradecer a *mademoiselle* Scuderi[37] por este noble forastero, ya que solo se trata del magnífico Cyrus[38] con modernas vestimentas.

---

[35] Es un jardín para el placer, diseñado con el único propósito de dar placer a los sentidos. En francés en el original.

[36] Hacendada, señora, dueña de la finca. En francés en el original.

[37] Hace referencia a Madeleine de Scudéry, escritora francesa nacida en 1607. El escritor alemán del siglo XIX, E. T. A. Hoffmann, la hará protagonista en 1819 de la que se conoce como la primera obra detectivesca alemana, la novela corta *La señorita Scuderi*.

[38] Hace referencia a la novela francesa *Artamène ou Le Grand Cyrus* de Madeleine de Scudéry publicada en diez volúmenes entre 1648 y 1653. Es una de las novelas más largas jamás publicadas.

—Ah, ese es el punto que me desconcierta, Hector —replicó Eveline—. La vestimenta del extraño no es moderna. Tiene la misma apariencia que tendría una vieja pintura si pudiera descender de su marco.

Sus palabras me afectaron, porque me trajeron el recuerdo de esa pintura escondida en la biblioteca y del pintoresco atuendo de caza naranja y morado con el que André había acudido al baile del regente.

Después de que mi esposa confinara sus paseos al *pleasaunce*, no volví a escuchar durante muchos meses ninguna mención al desconocido sin nombre. Desterré de mi mente cualquier pensamiento sobre él ya que otra preocupación más grave y pesada había recaído sobre mí. La salud de Eveline había empezado a languidecer. El cambio producido en ella fue tan gradual que se hizo casi imperceptible para aquellos que la veíamos a diario. Fue solo cuando se puso un lujoso vestido de gala que no había lucido en meses, que vi lo demacrada que estaba la figura sobre la que el bordado corpiño colgaba tan holgadamente, y lo lánguidos y sombríos que eran los ojos que una vez habían sido tan brillantes como las joyas que ella lucía en sus cabellos.

Envíe un mensajero a París para llamar a uno de los médicos de la corte, pero sabía que pasarían muchos días antes de que él pudiera llegar a Puy Verdun. Durante ese intervalo de tiempo, vigilé a mi esposa con un terror inenarrable. No era solo su salud lo que se había deteriorado. Era un cambio más doloroso de contemplar que cualquier alteración física. Su alegre y radiante espíritu se había esfumado, y en lugar de mi dichosa novia había una mujer hundida bajo el peso de una profunda melancolía. Intenté en vano descubrir la causa de la tristeza de mi amada. Ella me aseguraba que no tenía motivo de pena o descontento y que, si parecía estar triste sin razón, debía perdonar su tristeza y considerarla más un infortunio que un defecto. Le aseguré que el médico de la corte encontraría con rapidez una cura a su abatimiento que sin duda debía de provenir de unas causas físicas, ya que no había fundamentos reales para justificar su desconsuelo. Sin embargo, y a pesar de que ella no decía nada, yo podía ver con claridad que no tenía esperanza o convicción alguna en los poderes curativos de la medicina.

Un día, al querer engatusarla fuera de aquel pensativo silencio en el que acostumbraba a sentarse durante horas, le dije riendo que parecía que se había olvidado de su misterioso caballero del bosque y que parecía que él también se había olvidado de ella. Ante mi asombro, su pálido rostro se tornó de un repentino carmesí y del carmesí regresó a la palidez en un suspiro.

—No volviste a verle desde que abandonaste tu gruta del bosque, ¿cierto? —pregunté.

Ella se giró hacia mí con una expresión desgarradora.

—¡Hector! —gimió—. Lo veo todos los días, y eso es lo que me está matando.

Tras decir esto prorrumpió en un arrebato de lágrimas. La estreché entre mis brazos como si fuera una niña asustada y traté de reconfortarla.

—Amada mía, esto es una locura —dije—. Sabes que ningún extraño puede acercarse a ti en el *pleasaunce*.

El foso tiene más de tres metros de ancho y siempre está lleno de agua, y el viejo Massou mantiene las verjas cerradas con llave día y noche. La *châtelaine* de una fortaleza medieval no debe temer a ningún intruso en su vetusto jardín.

Mi esposa sacudió la cabeza con tristeza.

—Lo veo todos los días —repitió.

Llegado a este punto, creí que mi esposa se había vuelto loca. Desistí preguntarle más detenidamente sobre su misterioso visitante. No sería saludable, pensé, darle forma y sustancia a la sombra que la atormentaba mediante un intenso interrogatorio sobre su apariencia y comportamiento, sobre sus idas y venidas.

Me aseguré de que ninguna persona ajena a la casa pudiera acceder al *pleasaunce*. Después de haber hecho esto, me contenté con esperar la llegada del médico.

Este se presentó por fin. Le revelé la convicción que era mi desgracia. Le dije que creía que mi esposa estaba loca. Él la examinó, pasó más de una hora con ella y después acudió a mí. Para mi tremendo alivio, me garantizó su cordura.

—Es posible que se esté viendo afectada por una sola alucinación —dijo—, pero es tan razonable en todas las demás cuestiones, que no me atrevo a creer que sea objeto de una monomanía. Estoy más inclinado a pensar que realmente ve a esa persona de quien habla. Me la ha descrito al más mínimo detalle. Las descripciones de paisajes o individuos dadas por pacientes afligidos por una monomanía siempre son inconexos de una forma u otra, pero su esposa me ha hablado de una manera tan clara y calmada como le estoy hablando yo a usted ahora. ¿Está seguro de que no hay nadie que pueda acercarse a ella en ese jardín en el que pasea?

—Estoy completamente seguro.

—¿Hay algún pariente de su mayordomo o algún aprovechado que viva en su casa? ¿Un hombre joven, con un rostro bello y afeminado, muy pálido y con una extraordinaria cicatriz carmesí, que parece el resultado de un golpe?

—¡Dios mío! —grité, mientras todo cobraba sentido de pronto—. ¿Y la vestimenta? ¿La anticuada vestimenta del desconocido?

—El hombre lleva un traje de caza morado y naranja —contestó el médico.

Supe entonces que André de Brissac había cumplido su palabra, y que en la hora en la que mi vida era más radiante, su sombra se había interpuesto entre mi felicidad y yo.

Enseñé a mi esposa la pintura de la biblioteca, ya que hubiera recibido con agrado descubrir que mi recuerdo de la apariencia de mi primo estaba equivocado. Ella tembló como una hoja cuando lo contempló y se agarró a mí entre convulsiones.

—Esto es brujería, Hector —murmuró—. El atuendo en ese retrato es el mismo que lleva el hombre al que veo en el *pleasaunce*, pero el rostro es diferente.

Entonces ella me describió dicho rostro, y era el de mi primo, rasgo por rasgo, André de Brissac, a quien ella nunca había conocido en carne y hueso. Describió de la manera más vívida la cruel marca en su rostro, la huella de un fiero golpe propinado por una mano abierta.

Después de esto, me llevé a Eveline lejos de Puy Verdun. Deambulamos a través de las provincias del sur hasta llegar al mismo corazón de Suiza. Pensé que conseguiríamos alejarnos del abominable fantasma y anhelaba que el cambio de aires le trajera paz a mi esposa.

Pero no fue así. Allá donde fuéramos, el fantasma de André de Brissac nos perseguía. Esa sombra funesta nunca se reveló ante mis ojos; *eso* hubiera sido una venganza demasiado pobre. Fue el inocente corazón de mi mujer el que André usó como herramienta para su desquite. Aquella impía presencia destrozó su vida. Mi compañía constante no pudo protegerla del terrible intruso. En vano velé por ella, en vano luché por confortarla.

—Él no dejará que viva en paz —me dijo Eveline—. Se interpone entre nosotros, Hector. Está de pie entre nosotros ahora mismo. Puedo ver su cara con la marca roja con más claridad que la tuya.

Una hermosa noche de luna, cuando estábamos juntos en una aldea de montaña en el Tirol, mi esposa se lanzó a mis pies y me dijo que era la peor y la más vil de las mujeres.

—Se lo he confesado todo a mi sacerdote —manifestó—, desde el principio no he escondido mi pecado ante Dios. Pero siento que la muerte me acecha y, antes de morir, quiero revelar mi pecado ante ti.

—¿Qué pecado, querida mía?

—La primera vez que vi al extraño en el bosque su presencia me desconcertó y me angustió, y me escondí de él como lo hubiera hecho de algo desconocido y terrible. Él vino de nuevo y otra vez más y, poco a poco, me encontré a mí misma pensando en él, y deseando su venida. Su imagen me perseguía a todas horas; luché en vano por desterrar su rostro de mi mente. Después hubo un intervalo durante el cual no le vi y, para mi angustia y vergüenza, me di cuenta de que la vida me parecía sombría y desolada sin él. Luego vino el momento en el que él embrujó el *pleasaunce* y... ¡Oh, Hector! ¡Mátame si así lo deseas porque no merezco piedad alguna! En aquellos días aprendí a contar las horas que debían pasar antes de su aparición, a no disfrutar de nada más que de la contemplación de aquel pálido rostro con la roja marca sobre él. Él arrancó todas las alegrías cotidianas de mi corazón para dejar tan solo un extraño e impío placer: el deleite de su presencia. Durante un año solo he vivido para verle. Y ahora maldíceme, Hector, porque este es mi pecado. Desconozco si proviene de la mezquindad de mi propio corazón o si es fruto de la brujería, pero lo que sí sé es que he luchado contra esta maldad en vano.

Estreché a mi esposa contra mi pecho y la perdoné. Aunque en verdad, ¿qué tenía que perdonar? ¿Era la fatalidad que se cernía sobre nosotros culpa suya de alguna manera?

Murió la noche siguiente, con su mano entre las mías. En el último momento me dijo, asustada y entre sollozos, que *él* se encontraba a su lado.

«No hay vínculo igual entre dos personas como el de haber leído y disfrutado los mismos libros».

Edith Nesbit
El jardín de las maravillas

Esta edición de
El rostro en el espejo y otros relatos góticos
se terminó de imprimir en Madrid en mayo de 2018

Impreso en
Cofás Artes Gráficas S. A.
c/ Juan de la Cierva, 58
28936 Móstoles (Madrid)